W0466254

Elizabeth Camden

DORTHIN, WO DER TAG ANBRICHT

Kleine Auszeit

Elizabeth Camden

Dorthin, wo der Tag anbricht

Kleine Auszeit *Roman*

francke

Über die Autorin:
Elizabeth Camden ist Historikerin. Die Woche über arbeitet sie als Bibliothekarin, an den Wochenenden schreibt sie historische Romane. Zusammen mit ihrem Mann lebt sie in der Nähe von Orlando.

Bibliografische Information der Deutschen Nationalbibliothek
Die Deutsche Nationalbibliothek verzeichnet diese Publikation in der Deutschen Nationalbibliografie; detaillierte bibliografische Daten sind im Internet über https://dnb.dnb.de abrufbar.

ISBN 978-3-96362-131-4
Alle Rechte vorbehalten
Copyright © 2015 by Dorothy Mays
Originally published in English under the title:
Toward the Sunrise
by Bethany House Publishers,
a division of Baker Publishing Group,
Grand Rapids, Michigan, 49516, USA
German edition © 2020 by Verlag der Francke-Buchhandlung GmbH
35037 Marburg an der Lahn
Deutsch von Silvia Lutz
Umschlagbild: © iStockphoto.com / valio84sl
Umschlaggestaltung: Verlag der Francke-Buchhandlung GmbH
Satz: Verlag der Francke-Buchhandlung GmbH
Printed in Czech Republic

www.francke-buch.de

Kapitel 1

November 1897

Manchmal reichen zehn Sekunden, um den Lauf eines Lebens zu verändern.

Diese Lektion hatte Julia Broeder letzte Woche auf schmerzhafte Art lernen müssen, als eine impulsive Entscheidung eine Kette von Ereignissen losgetreten hatte. Dass sie jetzt auf dieser harten Bank vor dem Konferenzraum der medizinischen Fakultät für Frauen am College von Pennsylvania wartete, war das Resultat davon. Hinter der geschlossenen Tür des Konferenzzimmers saßen zwölf Personen, die in diesem Moment über Julias Schicksal entschieden. Entweder bekäme sie die Erlaubnis, ihr Studium fortzusetzen und es im Frühling als Ärztin abzuschließen, oder sie würde von der Fakultät verwiesen und in Schande nach Hause geschickt werden.

Dekanin Edith Kreutzer war eine bekannte Wegbereiterin in dem Kampf, dass Frauen für den Arztberuf zugelassen wurden. Heute Morgen hatte sie allerdings so kalt wie eine Eiskönigin ausgesehen, als sie das Kuratorium des Colleges einberief, um über Julias Zukunft zu entscheiden.

Julia verkrampfte die Finger um die Kante der harten Bank, dem einzigen Möbelstück in dem kleinen Vorraum vor dem Konferenzzimmer. Alles in ihr drängte danach, aufzustehen und ihr Ohr an die vertäfelte Tür zu drücken, um die Diskussion des Kuratoriums zu belauschen. Doch sie zwang sich, ruhig sitzen zu bleiben. Sie konnte nichts tun, um die Entscheidung zu beeinflussen.

Es spielte keine Rolle, dass sie unbedingt Ärztin werden wollte. Oder dass sie zu den Besten ihres Jahrgangs gehörte und dass ihr Herz dafür schlug, in die weite Welt hinauszuziehen und in armen Gegenden als Ärztin zu arbeiten. Das Einzige, was zählte, war das, was sie letztes Wochenende getan hatte.

Am Samstagmorgen hatten die ganzen Schwierigkeiten begonnen: Wie an jedem Samstag arbeitete sie zusammen mit sechs anderen Medizinstudentinnen im Pharmazielabor der Fakultät. Als Teil ihrer Seminararbeit in Pharmakologie stellte sie Cinchonintabletten gegen Malaria her. Sie mahlte das Pulver, bis es die richtige Konsistenz besaß, und füllte das Medikament in winzige Aluminiumförmchen. Vor dem Fenster ertönten dumpfe Geräusche, denen sie zunächst keine Beachtung schenkte. Dann jedoch trafen mehrere Kieselsteine die Glasscheibe und erregten ihre Aufmerksamkeit.

Als sie hinausblickte, entdeckte sie zwei junge Männer, die unter ihr in dem matschigen Hof standen. Julia kannte sie aus dem Fairmount Park, wo sie und einige andere Studentinnen bei gutem Wetter manchmal Tennis spielten und im Winter eisliefen. Die beiden arbeiteten bei der Feuerwehr von Philadelphia und schienen anständige junge Männer zu sein. Ross McKinney hatte einen schönen Schlitten, den er ihr oft auslieh, damit sie damit den Hang hinabsausen konnte, wenn genug Schnee lag.

Sie schob das Fenster hoch. Eiskalte Luft strömte ins Zimmer, als sie sich hinausbeugte. »Wenn ihr noch mehr Steine an diese Fensterscheibe werft, entwickle ich den Verdacht, dass ihr zu diesen ermüdenden Revolutionären gehört, die mit dem Säbel rasseln und drohen, die Mauern zu stürmen.«

Keiner der Männer lachte. Einer von ihnen hielt einen Hund auf den Armen. Selbst von ihrem Platz im ersten Stockwerk aus konnte sie sehen, dass das Tier übel zugerichtet war.

»Ich bin gleich unten«, sagte sie und knallte das Fenster so schwungvoll zu, dass das Glas klirrte.

Die Hündin, die die jungen Männer bei sich hatten, war ein Boston-Terrier. Eines ihrer Ohren war teilweise abgerissen und ihr ganzer Kopf war voller Bisswunden. Julia hätte am liebsten das Gesicht verzogen und weggeblickt, aber diesen Luxus konnte sie sich als angehende Ärztin nicht erlauben.

»Haben Sie irgendwelche Tabletten, die das wieder in Ordnung bringen, Miss Broeder?«, fragte Ross.

Um dieser Hündin zu helfen, würde mehr nötig sein als ein paar Tabletten. Das Ohr musste mit mehreren Stichen wieder angenäht werden und selbst dann war Julia sich nicht sicher, ob sie es retten konnte. Es war Samstag, der Operationssaal in der Olsen Hall müsste also frei sein. Der Raum war abgesperrt, aber verschlossene Türen hatten Julia noch nie von etwas abhalten können. Wenn ihr ein Weg versperrt war, suchte sie sich einfach einen anderen über das Hindernis hinweg, darunter hindurch oder darum herum. In diesem Fall stellte sie sich auf die Schultern von einem der Feuerwehrmänner, um durch das nicht verriegelte Fenster in den Operationssaal zu gelangen. Dann eilte sie durch die dunklen Flure, um kurze Zeit später die Männer mit der Hündin und zwei ihrer Kommilitoninnen durch die Eingangstür ins Gebäude zu lassen.

Keine der Studentinnen hatte je zuvor einen Hund behandelt, aber die Prinzipien, wie man eine Wunde reinigt, um eine Infektion zu verhindern, und verletztes Fleisch wieder zusammennäht, waren schließlich die gleichen wie bei einem Menschen. Ross' Freund musste gehen, um pünktlich seine Schicht auf der Feuerwache antreten zu können, aber Ross blieb im Operationssaal. Er streichelte der Hündin die Seite und murmelte ihr beruhigende Worte zu, während Julia eine Maske über ihre Schnauze hielt und vorsichtig den Ballon drückte, der die anästhetischen Gase in die Maske leitete.

Nach fast einer Stunde hatte Julia die Wunden schließlich versorgt und war mit ihrer Arbeit zufrieden. Die Hündin würde wieder ganz gesund werden.

Nachdem sie die Flaschen mit den Anästhetika, Antiseptika und das Material, das sie zum Nähen verwendet hatte, wieder ordentlich aufgeräumt hatte, bat sie ihre Kommilitoninnen, sie für diesen Tag im Pharmazielabor abzumelden, und begleitete Ross zur Straßenbahnhaltestelle. Die in ihren Armen schlummernde Hündin wurde immer schwerer. Sie wog mindestens zwanzig Pfund, das meiste davon reine Muskelmasse, aber Julia weigerte sich, Ross das Tier zu übergeben.

Bei der Straßenbahnhaltestelle stand eine Bank, doch sie war zu nervös, um sich zu setzen. Die Uhr an dem hohen Bankgebäude auf der anderen Straßenseite verriet, dass sie neun Minuten Zeit hatte, bis die nächste Bahn in Richtung Feuerwache einlief. Sie war froh, dass ihre Kommilitoninnen sie nicht zur Haltestelle begleitet hatten. Ross würde wahrscheinlich eher mit der Wahrheit herausrücken, wenn er sie nicht vor einem größeren Publikum gestehen musste.

»Woher haben Sie diese Hündin?«, fragte sie. Ihrer Aufmerksamkeit war nicht entgangen, dass – abgesehen von den Wunden, die sie heute behandelt hatte – der Brustkorb, die Beine und die Schnauze des Tieres von vielen älteren, verheilten Narben übersät waren.

»Sie gehört meinem Mitbewohner«, antwortete Ross. »Sie kennen Derrick nicht. Er arbeitet auch bei der Feuerwehr.«

»Schickt er diese Hündin regelmäßig zu Hundekämpfen?«

Ross' Gesichtszüge verhärteten sich. »Sie ist eine gute Hündin. Das Kämpfen liegt ihr im Blut. Normalerweise wird sie nicht so übel zugerichtet.«

Julia wiegte die schlafende Hündin in ihren Armen und drückte sie fast wie ein Baby an sich. Was wusste sie schon über Ross McKinney, außer dass man im Park mit ihm lachen konnte und er seinen Schlitten großzügig verlieh? Im Grunde kannte sie diesen Mann nicht.

Die Wahrscheinlichkeit war sehr groß, dass diese gequälte, geschundene Hündin wieder zum Hundekampf gezwungen werden würde. Ross' Straßenbahn würde erst in acht Minuten kommen, aber die der roten Linie war gerade auf den Schienen um die Ecke gebogen.

Wenn sie schnell dort einstieg, könnte sie die Hündin in Sicherheit bringen. Sie war ein großes Risiko eingegangen, als sie in den Operationssaal eingebrochen war, aber das konnte sie jetzt nicht mehr ungeschehen machen. Es erschien ihr grausam, ihren Schützling wieder diesen brutalen Männern auszuliefern, die ihr das angetan hatten. Julia biss sich auf die Lippe. Die Unentschlossenheit löste hämmernde Schmerzen in ihrem Kopf aus.

Zehn Sekunden. Mehr Zeit hatte sie nicht mehr für ihre Entscheidung.

Sie hatte ihre Pflicht erfüllt und ein verletztes Tier behandelt. Ross war kein schlechter Mensch. Ihm lag diese Hündin sichtlich am Herzen. Sonst hätte er vorhin im Hof nicht so gequält ausgesehen.

Noch sechs Sekunden.

Ross war offenbar aufgefallen, dass sie die einfahrende Straßenbahn beobachtete. »Ich kann sie jetzt nehmen, wenn Sie zum College zurückmüssen.«

Drei Sekunden, zwei Sekunden ...

Die Straßenbahn wurde langsamer und der Fahrer betätigte einen Hebel, um die Türen zu öffnen. Jetzt oder nie!

Ohne den Fahrer aus den Augen zu lassen, stieg sie hastig ein.

»Hey!«, rief Ross. »Das ist meine Hündin!«

Mit dem schlafenden Tier auf den Armen war es schwer, den Hebel für die Tür zu betätigen. Doch es gelang Julia sie zu schließen, bevor Ross einsteigen konnte.

»Diese Hündin wurde schwer misshandelt«, erklärte sie dem Fahrer. »Bitte fahren Sie schnell weiter. Dieser Mann hat kein Recht, einen Hund zu besitzen.«

Der Fahrer zögerte nur einen kurzen Moment, dann nickte er und fuhr los.

Am nächsten Tag erfuhr Dekanin Kreutzer, was Julia getan hatte. Ross und drei seiner Freunde von der Feuerwache tauchten im College auf und verlangten ihre Hündin zurück. Sie stritten ab, dass sie bei Hundekämpfen eingesetzt wurde. Als Julia sich weigerte, das verwundete Tier herauszurücken, drohte Ross, seine Freunde von der Polizei einzuschalten.

Dekanin Kreutzer bestand darauf, dass Julia die Hündin ihrem rechtmäßigen Besitzer zurückgab. »Sie haben bereits gegen die Regeln verstoßen und ohne Aufsicht eine Operation durchgeführt«, erklärte die Dekanin streng und wurde um die Lippen herum ganz weiß. Sie schickte Julia aus ihrem Büro und befahl ihr, den Terrier zu holen.

Doch statt dieser Aufforderung nachzukommen, flüchtete Julia mit der Hündin zum Bahnhof. Eine Stunde später saß sie im Zug und war zum Kloster der Barmherzigen Schwestern außerhalb von Philadelphia unterwegs. Es lag zwischen sanft gewellten Hügeln und weiten Feldern, in einer völlig anderen Welt als die rauen Straßen von Philadelphia. Die Hündin saß während der ganzen Fahrt auf Julias Schoß und schaute wie gebannt auf die vorbeiziehende Landschaft vor dem Fenster. Hatte diese Hündin je in ihrem Leben die freie Natur gesehen? Vielleicht bildete Julia es sich nur ein, aber sie schien sich immer mehr zu entspannen, je weiter sie aufs Land hinauskamen.

Julia ließ die Hündin im Kloster, wo sich die Schwestern bereit erklärten, das arme Tier zu versorgen, bis sie ein geeignetes neues Zuhause für die Hündin gefunden hätten.

Bei ihrer Rückkehr ans College warteten zwei Polizisten auf Julia. Als sie sich weigerte, ihnen oder Dekanin Kreutzer zu verraten, was sie mit der Hündin gemacht hatte, wurde für den folgenden Mittwoch eine Disziplinaranhörung angesetzt.

Und so saß sie jetzt hier und wartete auf das Urteil des Kuratoriums. Sie hatte Gelegenheit bekommen, sich vor den Versammelten zu verteidigen. Aber die Anklage lautete auf moralische Verwerflichkeit wegen Diebstahls und sie konnte nicht leugnen, dass sie sich dieses Vergehens schuldig gemacht hatte. Sie konnte auch nicht mit reinem Gewissen sagen, dass sie ihr Tun bereute. Doch genau das hatte man von ihr hören wollen.

Julia hatte schon mit zwölf Jahren den Traum gehabt, Missionsärztin zu werden, als sie *Die Reisen des Marco Polo* gelesen hatte. Dieses Buch hatte ihre Welt für immer verändert. Durch den alten Lederband mit den handgezeichneten Drucken und Karten über den Fernen Osten war in ihr ein großer Abenteuergeist geweckt worden, der bis heute in ihrer Seele lebendig war. Sie träumte von Karawanen auf der Seidenstraße, von der kahlen Schönheit der vom Wind verwehten mongolischen Steppen, von den duftenden Gärten von Kublai Khan. Sie träumte davon, diese Länder eines Tages mit eigenen Augen zu sehen. Warum auch nicht? Als Missionsärztin würde sie ihre Liebe zu Gott und zur Wissenschaft mit ihrer Sehnsucht nach Abenteuern kombinieren können.

Missionsärzte hatten nicht den Auftrag, die Bibel zu lehren und den Einheimischen den Glauben an Jesus Christus nahezubringen. Für diese Aufgaben wäre Julia nicht zu gebrauchen. Doch wenn sie an fernen Orten arbeitete, die nie zuvor einen richtig ausgebildeten Arzt gesehen hatten, könnte sie sich ganz praktisch in christlicher Nächstenliebe, Selbstlosigkeit und Demut üben.

Das Klicken der Türklinke durchbrach die Stille. Dekanin Kreutzer erschien. Julia stand auf. Würden die anderen Kuratoriumsmitglieder ebenfalls den Raum verlassen? Aber die Dekanin war allein. Ihre stahlgrauen Haare waren zu einem strengen Knoten hochgesteckt, ihr Ausdruck war verkniffen.

Sie schloss die Tür hinter sich. »Miss Broeder, das Kuratorium ist einstimmig zu dem Schluss gekommen, dass Ihnen die Reife und das Urteilsvermögen fehlen, um Ihr Studium hier fortzusetzen. Sie werden aufgefordert, das College unverzüglich zu verlassen.«

Das Blut wich aus Julias Gesicht. Der Raum drehte sich um sie. Bis zu diesem Moment hatte sie nicht wirklich geglaubt, dass man sie hinauswerfen würde. Wie reagierte man, wenn alle Hoffnungen, Träume und Ziele auf einen Schlag zu Asche zerfielen? Zum ersten Mal in ihrem Leben wusste Julia nicht, was sie tun oder sagen sollte. Mit offenem Mund stand sie wie angewurzelt da. Sie fühlte sich wie gelähmt.

»Der Zug nach New York fährt morgen früh um sechs Uhr«, fuhr Dekanin Kreutzer unbeirrt fort. »Ich veranlasse, dass Sie zum Bahnhof gebracht werden.«

Und damit wurde die Tür zu Julias Zukunftsplänen zugeschlagen.

Kapitel 2

Mit nicht mehr als zwei alten Reisetaschen verließ Julia am nächsten Morgen das College. Sie fuhr mit dem Zug nach New York City und von dort aus mit einem Raddampfer vierzig Meilen auf dem Hudson River flussaufwärts nach New Holland, einem Dorf, das so klein war, dass man es auf kaum einer Landkarte fand. Auf der Landstraße marschierte sie zu dem historischen Anwesen Dierenpark, in dessen Gärtnerhaus sie zur Welt gekommen war.

Ihre eng geschnürten Stiefel waren nicht dafür gemacht, darin längere Strecken zurückzulegen. Nach den drei Kilometern vom Dorf zum Anwesen schrien ihre Füße vor Schmerzen. Die Reisetaschen wurden immer schwerer und ihr graute davor, ihrem Bruder zu gestehen, dass sie nur sechs Monate vor ihrem Studienabschluss von der medizinischen Fakultät geflogen war. Emil war ein gutmütiger Mann, aber er hatte schon genug um die Ohren, ohne dass auch noch seine jüngere Schwester in Schande heimkehrte.

Der Novemberwind war kalt, ein leichter Nieselregen hatte eingesetzt und die Blasen an ihren Zehen zwangen sie, ihre Füße behutsam aufzusetzen. Warum fühlten sich Frauen genötigt, so lächerliche Schuhe zu tragen? Sie hatte praktische Schuhe gesucht, aber in ganz Philadelphia hatte sie kein einziges Schuhgeschäft gefunden, das Damenstiefel im Angebot gehabt hätte, die nicht mindestens fünf Zentimeter hohe Absätze besaßen. Deshalb humpelte sie jetzt wie das Opfer einer chinesischen Fußbindung nach Hause.

Sie bog um die Kurve nach Dierenpark. Es war eines der eindrucksvollsten Anwesen in ganz Amerika. Grob behauene Granitsäulen bewachten den Eingang, aber die Tore standen wie immer offen. Das Herrenhaus befand sich einen Kilometer hinter den Toren, aber zum Gärtnerhaus waren es nur noch hundert Meter. Das Holzhaus hinter mehreren alten Weißdornbäumen wurde seit Generationen von den Broeders bewohnt. Es besaß eine breite überdachte Veranda und an der Vorderseite befanden sich mehrere Fenster. Julia stieg die Verandastufen hinauf, ließ die beiden Taschen mit einem dumpfen Geräusch auf die Holzdielen fallen und klopfte an die Haustür.

Es war ein seltsames Gefühl, an die Tür des Hauses zu klopfen, in dem sie die ersten achtzehn Jahre ihres Lebens verbracht hatte. Niemand hatte damit gerechnet, dass Julia je wieder hier wohnen würde. In weniger als einem Jahr hätte sie mit Medizin im Gepäck und der Hoffnung und dem Wunsch, Gutes zu tun, in die Welt hinausziehen sollen. Stattdessen stand sie jetzt hier, mit zwei alten, abgenutzten Reisetaschen, in denen sich ihr ganzer irdischer Besitz befand. Sie war nun allein auf die Gnade ihres Bruders angewiesen.

Da wurde die Tür aufgerissen und Emils breite Schultern füllten den Türrahmen aus. »Julie!«, sagte er mit einem breiten Grinsen. Er drückte sie kräftig an seine Brust. Die stürmische Umarmung schnürte ihr die Luft ab. Manchmal ahnten so starke Männer wie Emil nicht, wie viel Kraft sie hatten. Er schob sich eine blonde Haarsträhne, die ihm in die Augen fiel, aus der Stirn. »Wir haben nicht erwartet, dich so bald wiederzusehen. Warte nur, bis du die Babys siehst! Sie sind schon so groß wie Schinkenkeulen!«

Sie musste zugeben, dass sie sich darauf freute, die

Zwillinge zu sehen. Sie waren zur Welt gekommen, als sie im letzten Sommer zu Hause gewesen war. Die beiden waren damals so winzig gewesen, dass sie in ihre Armbeuge gepasst hatten. Julia trat in die Hütte, deren Inneres den vertrauten Geruch von Apfelmost und Holzrauch ausdünstete. Die Wohnküche war geräumig. Eine Wand aus Flusssteinen umrahmte den Kamin, der so groß war, dass sie als Kind darin hatte stehen können, ohne den Kopf einziehen zu müssen. Bequeme Sitzgelegenheiten waren im Raum verteilt und ein abgenutzter alter Tisch diente sowohl als Arbeitstisch als auch als Esstisch. In der Hütte war es viel unordentlicher als früher. Babywindeln hingen von einer Wäscheleine, die quer durch den Raum gespannt war.

Emil reichte ihr ein Handtuch, mit dem sie die Feuchtigkeit von ihren Haaren und ihrem Mantel wischte. Gleichzeitig trat sie zu der großen Wiege, um ihre Neffen zu sehen. Sie hatten dunkle Haare wie ihre Mutter, aber beide hatten Emils rundes, unschuldiges Gesicht geerbt. Der eine Junge schlief tief und fest, aber der andere kaute zufrieden an einer Stoffpuppe und lächelte sie sabbernd an.

»Wo ist Claudia?«, fragte Julia.

»Ach, sie liegt im Bett. Sie fühlt sich nicht gut.«

Julia sah ihn besorgt an. Sie hatte ihre Seminare in

Geburtshilfe bereits abgeschlossen. Vier Monate nach der Entbindung müsste Claudia eigentlich wieder voll bei Kräften sein.

»Was hat sie?«, erkundigte sie sich.

»Morgenübelkeit. Ich verstehe nicht, warum man es Morgenübelkeit nennt, wenn ihr doch den ganzen Tag schlecht ist.«

Julias Kinnlade fiel nach unten. »Was soll das heißen? Ist sie schon wieder schwanger?«

»Der Arzt sagt, dass sie im zweiten Monat ist.«

Julia seufzte. Es ging sie absolut nichts an, wie Emil und Claudia ihr Leben führten, aber wie in aller Welt wollten sie so bald nach den Zwillingen schon wieder ein Baby versorgen? Wenn sie hier gewesen wäre, hätte sie Emil geraten, sich für ein paar Monate von seiner Frau fernzuhalten. Sie hatte allerdings gedacht, dass ihr Bruder selbst so klug wäre ... andererseits war er noch nie der Schlaueste gewesen.

»Wie lange willst du bleiben?«, fragte Emil und hob das wache Baby aus der Wiege, das zu weinen begonnen hatte. »Seit die Zwillinge da sind, ist es hier ziemlich eng. Wegen des Regens können wir nicht einmal die Wäsche draußen aufhängen, aber wir finden schon einen Platz, wo wir dich für einen oder zwei Tage unterbringen.«

Sie wandte sich ab und strich mit dem Daumen

über die rauen Kaminsteine, während sie ihre Worte vorsichtig formulierte. »Ich bin nicht mehr am College eingeschrieben. Eins führte zum anderen und ... nun ja ... ich wurde exmatrikuliert.«

»Exmatrikuliert?«, fragte Emil. »Ist das etwas Gutes? Wie ein Fleißkärtchen für ein Diktat?«

Viele im Dorf lachten über ihren Bruder, der zwar ein guter Gärtner, aber nicht sonderlich gebildet war. Sie hatten beide die Dorfschule besucht, doch Emil war nach nur wenigen Jahren abgegangen.

»Nein, das ist nichts Gutes. Das heißt, dass sie mich nicht mehr am College haben wollen.«

Emil schaute sie verwirrt an. »Warum wollen sie dich nicht mehr? Du bist das klügste Mädchen in ganz New York.«

Aber vielleicht auch das unvorsichtigste. Es hatte keinen Sinn, ihre Geschichte zu beschönigen. Sie erzählte Emil alles. Auch, wie unwahrscheinlich es war, dass sie nach alledem jemals von einem anderen College aufgenommen werden würde.

Emil saß vornübergebeugt auf einem Hocker und wechselte unsichere Blicke mit Claudia, die sich während Julias Bericht aus dem Bett geschleppt hatte.

»Tatsache ist, dass ich hinausgeworfen wurde und nicht mehr zurückkann«, erklärte ihnen Julia mit einer Tasse Tee in der Hand.

»Und wenn du einen Brief schreibst und dich entschuldigst? Wenn du beteuerst, dass dir alles sehr leidtut? Vielleicht nehmen sie dich dann zurück«, schlug Emil vor.

Aber es tat ihr nicht leid. Auch jetzt, nachdem sie Zeit gehabt hatte, über ihr Handeln nachzudenken, bereute sie es nicht, dass sie die Hündin in Sicherheit gebracht hatte. Wenn sie Dekanin Kreutzer verriet, wo sich das Tier nun befand, würde diese dafür sorgen, dass Ross McKinney und seine Freunde das Tier zurückbekamen. »Ich fürchte, die Sache ist komplizierter«, antwortete sie Emil.

»Du könntest die Vandermarks um Hilfe bitten«, schlug Claudia vor. »Mein Vater sagt, dass sie mehr Macht haben als der Präsident der Vereinigten Staaten. Der Präsident muss den Kongress um Erlaubnis bitten, wenn er etwas durchsetzen will, aber die Vandermarks schicken einfach ihre Anwälte los.«

Den Vandermarks gehörte Dierenpark, seit 1635 zwei Brüder aus Holland über den Atlantik gekommen waren und dieses Land mitten in der Wildnis zu ihrem Besitz erklärt hatten. Sie hatten diese Hütte gebaut. Als ihr Vermögen im Laufe der Jahrzehnte immer mehr gewachsen war, hatten sie angefangen, das große Herrenhaus mit Blick über den Hudson River zu bauen. Die Vorfahren der Familie Broeder waren von Anfang an ihre Gärtner gewesen und die Vandermarks hatten die Broeders immer gut behandelt.

Julia hatte noch nie einen Vandermark persönlich zu Gesicht bekommen. Der letzte, der auf Dierenpark gelebt hatte, hatte das Anwesen nach einem schweren Schicksalsschlag vor sechzig Jahren verlassen. Seitdem waren weitere Generationen geboren worden, aber keiner aus der Familie kam auch nur in die Nähe von Dierenpark. Julia bezweifelte, dass sich daran je etwas ändern würde.

Aber ihre Anwälte kamen. Ein Anwalt der Familie besuchte das Anwesen mehrmals im Jahr, um zu kontrollieren, ob alles in Ordnung war, um die Steuern zu bezahlen und um sicherzustellen, dass die Angestellten ihren Pflichten nachkamen. Als Julia ein Kind gewesen war, hatte dieser Anwalt Mr Garfield geheißen, ein älterer Mann mit riesigen Koteletten, der Julia immer den Kopf getätschelt und gestaunt hatte, dass sie schon so groß war. Er hatte den Angestellten immer ihren Lohn gezahlt und gefragt, ob sie irgendetwas bräuchten, denn die Vandermarks waren großzügige Menschen, die gut für ihre loyalen Dienstboten sorgten.

Aber als sie fünfzehn gewesen war, hatte es eine Änderung gegeben: Der alte Mr Garfield war in Rente gegangen und seine Arbeit hatte ein junger Mann mit hellbraunem Haar und Augen, die so blau waren wie der Sommerhimmel, übernommen. Ashton Carlyles aristokratisch geschnittenes Gesicht war so attraktiv, dass es die Herzen junger Mädchen höherschlagen ließ. Aber mit seinen dreiundzwanzig Jahren war er für jemanden wie Julia viel zu alt und ernst gewesen. Sie war ein einfaches Mädchen vom Land und er war Anwalt, der in Yale studiert hatte und sich über ihre Begeisterung für Marco Polo bestimmt amüsierte. Er lebte nur vierzig Meilen flussabwärts in New York City, aber sie kamen aus völlig verschiedenen Welten. Er versprühte Glanz, Kultiviertheit und Stil. Selbst mitten auf dem Land schien er die Anmut der Großstadt auszustrahlen. Lag das an seinen makellosen, teuren Anzügen? An seinen säuberlich geschnittenen Haaren? Er trug immer eine Seidenweste und die Knöpfe an seiner Kleidung sahen aus, als wären sie aus echtem Elfenbein. Selbst im heißen Hochsommer kamen, wenn er sein Jackett auszog, darunter ein gestärkter Kragen mit Weste und Krawatte zum Vorschein. Der starke Kontrast zwischen seinem weltgewandten Auftreten und diesem verlassenen, isolierten Anwesen hatte Julia vom ersten Moment an fasziniert.

Ashton Carlyle hatte ihr zu ihrem Studienplatz verholfen. Der Familie Broeder war immer gesagt worden, wenn sie etwas bräuchten, müssten sie sich nur an die Vandermarks wenden. Im Laufe der Jahre hatten die Vandermarks die Broeders bei Arztrechnungen, Reparaturen an ihrem Gärtnerhaus und sogar bei der Finanzierung besonderer Anlässe wie Hochzeiten und Reisen unterstützt. Aber ein Studium? Niemand in ihrer Familie hatte je um eine so große finanzielle Unterstützung gebeten. Trotzdem waren die Vandermarks die einzige Chance für Julia gewesen, je zu studieren. Als sie achtzehn geworden war, hatte sie ihren ganzen Mut zusammengenommen und Mr Carlyle gefragt, ob er ihr helfen könne.

Wie bei all seinen Besuchen saß der Anwalt in der Bibliothek, wo er die Bücher durchging und mit jedem einzelnen Angestellten sprach, um sicherzugehen, dass auf dem Anwesen alles wie ein Uhrwerk lief. Mr Carlyle notierte gerade etwas im Kassenbuch, als sie an die offene Tür klopfte.

»Könnte ich mit Ihnen sprechen?«, fragte sie und hoffte, er würde das Zittern in ihrer Stimme nicht hören.

Mr Carlyle war der Inbegriff vornehmer Eleganz, als er das Kassenbuch ein paar Zentimeter von sich wegschob und ihr bedeutete, auf der anderen Seite des Schreibtisches Platz zu nehmen.

»Bitte«, sagte er freundlich. »Was kann ich für Sie tun, Miss Broeder?«

Sie war so nervös, dass sie ihren Blick nicht von seiner Seidenweste losreißen konnte. Der Stoff war hellblau und hatte ein kunstvolles Muster in einem tieferen Indigo. Als sie genauer hinsah, glaubte sie, winzige Vögel darauf zu erkennen, von denen keiner größer als ihr Daumennagel war. Es schien, als wären Tausende auf die Seide gestickt. Sie erinnerten sie an ...

»Sind das Elstern?«, fragte sie, ohne nachzudenken.

Zuerst wirkte er verwirrt, doch dann verzog er belustigt das Gesicht. »Ja. Die Elster ist das chinesische Symbol für Freude.«

Erneut betrachtete sie die feinen Stickereien. Sie wusste sofort, wo sie den Vogel schon gesehen hatte: in einem der Bücher, in denen sie in der Bibliothek der Vandermarks geblättert hatte. Die Vandermarks waren große Schifffahrtsmagnaten. Schon im achtzehnten Jahrhundert waren sie weit nach China und in den Fernen Osten vorgedrungen. Ihre Bibliothek spiegelte ihre Interessen wider.

Sie riss ihren Blick von seiner Weste los und schaute ihm direkt in die Augen. »Ich brauche Geld für mein Studium«, platzte es nervös aus ihr heraus. »Ich möchte Ärztin werden.«

Er schaute sie so sonderbar an, dass sie sich wie

ein auf eine Präparationsnadel gespießter Schmetterling vorkam. »Entschuldigen Sie«, begann er vorsichtig, »aber Sie scheinen mir eine Frau zu sein.«

Sie musste unwillkürlich lachen. »Also wirklich, Mr Carlyle! Sie kennen mich schon seit drei Jahren und stellen das erst jetzt fest?«

Seine Augen funkelten erheitert. Er legte seine Feder beiseite und seine Fingerspitzen aneinander. »Erzählen Sie mir, warum Sie Ärztin werden wollen.«

Sie hatte ihre Argumente sorgfältig vorbereitet. Sie hatte die Chancen der modernen Medizin und ihre Begabung in Mathematik und Naturwissenschaften hervorheben und betonen wollen, wie edel dieser Beruf war und dass sie den Wunsch hatte, auf der Welt Gutes zu tun. Aber in diesem angespannten Moment, in dem der Anwalt der Vandermarks ihr seine ungeteilte Aufmerksamkeit schenkte, fiel ihr kein einziges Wort ihrer vorbereiteten Rede ein und sie platzte mit der Wahrheit heraus:

»Ich will die Welt sehen! Ich will in einer Großstadt wohnen und in Museen gehen und mir so viel Wissen und Bildung wie möglich aneignen. Ich will lernen, Menschen zu behandeln, und dort arbeiten, wo ich helfen kann. Sei es in den Slums von Bombay oder in der Steppe der Mongolei. Ich will auf den Spuren Marco Polos wandeln, den Himalaya besteigen, über die chinesische Mauer gehen. Ich will mit einer Arzttasche in der Hand die Welt kennenlernen und mich überall, wohin ich gehe, gebraucht fühlen.«

Ihr ging die Luft aus. Es war schwer, ihn noch länger anzusehen. Ihr Blick wanderte zum Fenster. »Und ich will nicht für den Rest meines Lebens auf diesem abgelegenen Anwesen versauern«, schloss sie und fragte sich, ob sie soeben ihre Chance zu studieren endgültig verspielt hatte, weil sie zu nervös gewesen war, um eine vernünftigere Erklärung zu liefern.

Diese Angst hätte sie sich sparen können. Mr Carlyle stellte ihr für die Studiengebühren ihres ersten Semesters einen Scheck aus und bot sogar an, ihr ein Empfehlungsschreiben fürs College mitzugeben. Eine Woche, nachdem sie an der medizinischen Fakultät für Frauen am College von Pennsylvania angenommen worden war, kam mit der Post ein Paket von den Vandermarks. Mit einem Glückwunschschreiben, das der alte Nickolaas Vandermark persönlich unterschrieben hatte. In dem Paket fand sie einen Laborkittel, einen Stapel Schreibblöcke und eine nagelneue Ausgabe von *Gray's Anatomy*, dem medizinischen Standardwerk des britischen Chirurgen Henry Gray. Ihrem Studium stand nun nichts mehr im Weg.

Doch dann war diese Hündin aufgetaucht.

Selbst wenn sie doch ein anderes College finden

würde, das bereit wäre sie aufzunehmen – bald waren Weihnachtsferien und sie könnte sich frühestens im Januar wieder neu einschreiben.

»Ich habe gehofft, ich könnte hier wohnen, bis ich weiß, was ich tun werde«, sagte sie.

Emil und Claudia wechselten schnelle Blicke. »Wir sind eigentlich nicht auf langfristige Gäste eingerichtet«, sagte Claudia.

Gäste. Als ob sie daran erinnert werden müsste, dass dies nicht mehr ihr Zuhause war.

»Vielleicht können sie im Haupthaus ein Zimmer aufsperren«, schlug Emil vor. »Dort muss es doch mindestens ein Dutzend leerer Schlafzimmer geben.«

Im Haupthaus gab es fünfundzwanzig Schlafzimmer und nur wenige von ihnen wurden von den Angestellten bewohnt. Sie spürte deutlich, dass Claudia sie nicht hier haben wollte, und den Vandermarks wäre es vermutlich egal, wenn sie eines der seit Jahren unbenutzten Schlafzimmer im Haupthaus belegte.

Julia nickte seufzend.

Emil sprang sofort auf. »Ich helfe dir, deine Taschen zu tragen«, bot er an.

So alt und beeindruckend Dierenpark war, so tragisch war seine Vergangenheit. Nachdem Karl Vandermark tot im Fluss gefunden worden war, war ein Team von Anwälten über das Haus hereingefallen und hatte seinen vierzehnjährigen Sohn weggebracht. Dieser Junge war jetzt ein alter Mann, aber Nickolaas Vandermark war nie nach Dierenpark zurückgekehrt. Niemand von seinen Kindern, Enkeln oder Urenkeln hatte je einen Fuß auf das Anwesen gesetzt.

Alles im Haus wurde in dem Zustand erhalten, in dem es an jenem schrecklichen Morgen gewesen war. Die Kleidung der Familie hing noch in den Schränken, ein Vermögen an Silber und Porzellan füllte die Vitrinen und selbst die Papiere in den Schreibtischschubladen waren nicht angerührt worden. Es schien, als wäre in diesem Haus die Zeit stehen geblieben.

Es war sonderbar. Die Vandermarks bezahlten hohe Steuern, um Dierenpark zu erhalten, dazu kamen die Löhne für die überschaubare Zahl von Angestellten, die sich um das Anwesen kümmerten. Trotzdem wollte keiner aus der Familie es je besuchen. Als Kind hatte Julia das Gefühl gehabt, das Herrenhaus für sich zu haben, wenn sie und ihre Freundin Sophie, die Tochter der Köchin, die großen, vornehmen Zimmer erkundet hatten. Die meisten Möbel waren mit weißen Laken bedeckt und ihre Schritte hatten in den leer stehenden Zimmern widergehallt, während die Porträts von Vorfahren der Vandermarks sie von den Wänden zu beobachten schienen. Mit ihren gepuderten Perücken, strengen Militäruniformen und grimmigen Mienen hatten die Vandermarks schon immer ein wenig Furcht einflößend gewirkt.

Während Julia den Weg zu dem imposanten Granitgebäude zurücklegte, das seit Jahrhunderten den rauen Wintern in New England trotzte, war sie froh, dass Sophie immer noch hier war. Sophie verstand sie. Niemand kannte Julias ehrgeizige Pläne besser als ihre Freundin. Als Kinder hatten sie zu zweit die Dachböden des Herrenhauses erkundet, alte Kleider aus dem achtzehnten Jahrhundert anprobiert und von den eleganten Bällen geträumt, die früher auf Dierenpark stattgefunden hatten. Sie hatten sich nebeneinander in der Bibliothek auf den Fußboden gelegt und staunend die Bücher mit den Lederumschlägen durchgeblättert, die die hohen Wandregale füllten.

Julia wünschte, Sophie wäre bei ihr gewesen, als sie mit Ross McKinneys Hündin geflohen war. Ihrer Freundin hätte die ganze Feuerwehr und Polizei von Philadelphia zu Füßen gelegen. Mit ihren blonden Haaren, ihrer engelhaften Schönheit und ihrem sanften Auftreten wurde sie von allen Männern bewundert. Sophie strahlte eine herzliche Freundlichkeit aus, auf die die meisten Menschen instinktiv positiv reagierten.

Julia hatte sich selbst immer für ganz ansehnlich gehalten. Sie hatte eine schlanke Figur, kastanienbraune Haare und braune Augen. Aber wenn sie neben Sophie stand, kam sie sich wie eine schlichte Haselnuss neben einer glänzenden Perle vor.

Als sie ihre Freundin nun auf den Eingangsstufen erblickte, trat ihr trotz ihrer Niedergeschlagenheit ein Lächeln auf die Lippen. Sophie eilte ihr entgegen und drückte sie fest an sich. Nach einer Weile lösten sich die beiden wieder voneinander. »Wie geht es der angehenden Ärztin?«, fragte Sophie zwinkernd. Traurig ließ Julia den Kopf hängen und zuckte mit den Schultern. Besorgt legte Sophie ihrer Freundin eine Hand auf den Arm.

»Komm«, sagte sie tröstend und zog sie in die Küche. »Nach einer heißen Schokolade sieht die Welt gleich nicht mehr so schrecklich aus. Die hilft immer, findest du nicht?«

Sophies Mutter war kurze Zeit, nachdem Julia zum Medizinstudium weggegangen war, an einer Lungenentzündung gestorben. Da nur noch eine Handvoll Angestellte auf Dierenpark verblieben war, wurde keine Köchin mehr gebraucht, die die ganze Zeit auf Dierenpark lebte. Sophie wohnte bei ihrem Vater im

Dorf, kam aber jeden Tag, um die Mahlzeiten zu kochen.

Sophie bereitete die Schokolade zu und setzte sich dann zu Julia an den zerschrammten Küchentisch, an dem die Köchinnen auf Dierenpark seit Jahrhunderten arbeiteten.

Das fragende Gesicht ihrer Freundin veranlasste Julia dazu, ihr die Ereignisse der letzten Tage zu schildern.

»Emil denkt, die Anwälte der Vandermarks könnten mir vielleicht helfen, aber mein Problem lässt sich nicht mit Geld lösen«, schloss Julia. »Nicht solange das Kuratorium glaubt, ich hätte diese Hündin gestohlen.«

Sophie verzog das Gesicht. »Nun ja, irgendwie hast du das ja auch. Ich mache dir daraus natürlich keinen Vorwurf! Aber du hast recht: Mit Geld lässt sich das nicht in Ordnung bringen.«

»Die Vandermarks waren immer sehr gut zu mir«, sagte Julia. »Vielleicht wäre einer ihrer Anwälte tatsächlich bereit, mir zu helfen, diese Entscheidung anzufechten. Das wäre meine einzige Chance.«

Sophie knetete nervös ihre Hände und seufzte. »Das ist ja gerade das Problem«, sagte sie mit düsterer Miene. »Ich glaube *nicht*, dass die Vandermarks so entgegenkommend sind. Sie stehen nicht an der

Spitze der Schifffahrtsindustrie, weil sie nette Leute wären.«

Sophie hatte recht: Die Vandermarks hatten einen schlechten Ruf. Nickolaas Vandermark präsentierte sich der Welt als alter, würdevoller Herr, aber es kursierten Gerüchte, dass er, wenn es ums Geschäft ging, genauso skrupellos sei wie Dschingis Khan. Und sein Enkel war angeblich noch viel schlimmer als er. Dieser übernahm immer mehr die Kontrolle über das Vandermark'sche Imperium und lebte irgendwo in Europa. Julia war dankbar, dass sie mit keinem der Vandermarks direkt zu tun haben musste, aber ihr Versprechen, immer für die Broeders zu sorgen, hielten sie seit Jahrhunderten.

Was Julia im Moment benötigte, war ein guter Anwalt.

»Mr Carlyle kommt doch immer im Dezember nach Dierenpark«, sagte sie. »Vielleicht sollte ich lieber bis zu seinem Besuch warten und ihn nicht in New York belästigen. Was meinst du?«

»So lange solltest du nicht warten«, riet ihr Sophie. »Wenn die Vandermarks deine Studiengebühren zahlen, müssen sie sofort informiert werden, dass sich deine Situation geändert hat.«

»Das ist wahr.« Geld würde doch noch zu einem Problem werden. Mit den ungeplanten Fahrtkosten für die Rückfahrt aus Philadelphia hatte Julia fast ihre gesamten Ersparnisse aufgebraucht. Und nun sollte sie erneut verreisen? Aber blieb ihr eine andere Wahl? Sie fühlte sich wie eine Bittstellerin, die auf Knien zu der Anwaltskanzlei in Manhatten kroch. Aber wenn sie jemals Ärztin werden wollte, führte wohl kein Weg an Mr Ashton Carlyle vorbei.

Kapitel 3

Die Anwaltskanzlei der Vandermark-Schifffahrtsgesellschaft nahm die gesamte neunte Etage eines Bürogebäudes in der Broad Street ein. Es gab einen Fahrstuhl, aber Julia nahm lieber die Treppe, um die nervöse Energie abzubauen, die sich während ihrer Fahrt mit der Straßenbahn immer mehr gesteigert hatte.

Sie hatte Mr Carlyle noch nie in seiner Kanzlei in Manhattan besucht und staunte, als sie erfuhr, dass er nur einer von fünfundzwanzig Anwälten war, die für die Vandermarks arbeiteten.

»Erwartet Mr Carlyle Sie?«, fragte sie der Sekretär

am Empfang und sah Julia über seine Brillengläser hinweg argwöhnisch an.

In ihrem einfachen Popelinekleid mit eckigem Kragen und bescheidener Tournüre fühlte sie sich in der Kanzlei mit den Mahagoniwänden und den elektrischen Lampen mit glänzenden grünen Lampenschirmen völlig fehl am Platz. Die ganze Kanzlei strahlte ein großes, jahrhundertealtes Vermögen aus. »Nein, aber ich hoffe, er kann ein paar Minuten für mich erübrigen.« Sie war gar nicht auf die Idee gekommen, dass Mr Carlyle keine Zeit haben könnte, aber ein Mann, der so viele Pflichten hatte, konnte natürlich irgendwo in der Stadt unterwegs sein. Oder auf der Welt. Die Wände der Kanzlei waren mit Landkarten bedeckt, die die größten Handelshäfen der Welt zeigten: Rotterdam, Schanghai, Buenos Aires, Antwerpen. So deutlich vor Augen geführt zu bekommen, wie groß die Welt war, machte Julia ganz schwindelig. Sie trat zu der Karte, die den Hafen von Schanghai zeigte. Vorsichtig berührte sie den kalten Metallrahmen und ließ ihren Blick über die Küstenlinie des Ostchinesischen Meers wandern. Würde sie je eine Gelegenheit bekommen, dieses Land mit eigenen Augen zu sehen? Die Rufe der Eisvögel im Hafen zu hören? Die salzige Brise im Gesicht zu fühlen?

»Miss Broeder, was für eine unerwartete Überraschung!«

Hastig nahm sie die Finger von der Landkarte. Ashton Carlyle stand an der Tür zu einem Flur mit mehreren Büroräumen. Er sah genauso tadellos aus wie immer. Seine Weste war aus edler chinesischer Shantungseide in einem Nelkenrot, das sie mit der chinesischen Farbe für Glück assoziierte. Sie atmete tief ein und betete, dass etwas von diesem Glück auf sie abfärben würde.

»Darf ich sagen, dass Sie heute sehr elegant aussehen?«, bemerkte sie mutig. Das war die Wahrheit. Sein hellbraunes Haar war ordentlich gekämmt und passte perfekt zu seinen wie gemeißelt wirkenden Gesichtszügen. Seine Hose war glatt gepresst, hatte eine messerscharfe Bügelfalte und brach sich genau an der richtigen Stelle über seinen edlen Lederschuhen. Er zahlte seinem Schneider sicherlich ein Vermögen.

Er neigte dankend den Kopf. »Danke. Ich erwarte bald einen Geschäftspartner, aber bis dahin habe ich noch ein paar Minuten Zeit. Wenn Sie mir bitte in mein Büro folgen würden.«

Sein Büro war ebenso makellos wie er selbst. Das Zimmer war ordentlich aufgeräumt und kunstvoll dekoriert. An einer Wand hingen exotische Landkarten neben Gemälden von fernen Orten und auf der anderen Seite bot ein großes Fenster einen Blick auf die Skyline von Manhattan. Mr Carlyle deutete auf einen Ledersessel mit tiefen Kissen. Sie setzte sich und verkrampfte die Hand um ihr perlenbesetztes Handtäschchen.

»Was kann ich für Sie tun, Miss Broeder?« Seine Stimme war freundlich und zurückhaltend, aber aus seinem Gesicht sprach eine große Neugier. Er war so korrekt und höflich wie eh und je.

»Ich brauche Hilfe. Geld und einen guten Anwalt.«

Er hustete, während er auf seinem Schreibtischstuhl Platz nahm. Er wandte den Blick ab, rückte seinen gestärkten Kragen zurecht und sah sie dann wieder an. »Entschuldigung, könnten Sie das bitte noch einmal wiederholen?«

Ihr wurde am ganzen Körper heiß. Das alles war ihr sehr unangenehm. Aber sie musste es ertragen.

»Man hat mich des Colleges verwiesen. Ich würde gerne Berufung gegen diese Entscheidung einlegen und ich glaube, dazu benötige ich juristische Unterstützung.«

Seine Miene blieb unverändert. »Erklären Sie mir die Sachlage«, forderte er sie leise auf.

Sie schuldete ihm die Wahrheit und erzählte ihm schnell, wie die Feuerwehrleute erwartet hatten, dass sie ihre Hündin zusammenflickte, damit sie sie wieder für den Hundekampf einsetzen könnten. Sie gab zu, den Hund aus der Stadt gebracht zu haben. Sie erzählte ihm, dass sich die Polizei eingeschaltet hatte und man ihr moralische Verwerflichkeit vorgeworfen hatte.

»Und was erwarten Sie jetzt von mir?«, fragte Mr Carlyle kühl. Die Härte in seinem Tonfall überraschte sie. Er war in der Vergangenheit immer so nett und hilfsbereit gewesen.

»Ich weiß, dass Mr Vandermark stets persönliches Interesse an meinem Studium gezeigt hat.«

Sofern das überhaupt möglich war, wurde sein Gesicht noch kälter. Aber es war die Wahrheit! Es war noch kein Semester vergangen, ohne dass sie ein großes Geschenkpaket von Nickolaas Vandermark persönlich erhalten hatte. Zuerst hatte ihr der alte Mann Material für ihr Studium geschickt, aber im Laufe der Zeit war der Inhalt immer persönlicher geworden. Nachdem er von ihrem Wunsch, als Missionsärztin im Fernen Osten zu arbeiten, erfahren hatte, schickte ihr Mr Vandermark andere Geschenke: gebatikte Seide, Kalligrafiestifte, sogar ein Kästchen Darjeeling-Tee aus den Bergen in Westbengalen. Sie hatte ihm Dankesbriefe geschrieben und ihn über ihre Erfolge beim Studium informiert. Mr Vandermark hatte ihre Briefe eindeutig alle gelesen und mit der Auswahl dieser Geschenke ihre Träume gefördert und unterstützt.

»Wissen Sie, wer Nickolaas Vandermark ist?«, fragte Mr Carlyle mit frostiger Stimme.

»Er ist der Mann, der meine Studiengebühren bezahlt und sich damit für mein Ziel, Ärztin zu werden, einsetzt.«

»Ja, er bezahlt Ihre Gebühren«, erwiderte Mr Carlyle kurz angebunden. »Er gehört aber auch zu den rücksichtslosesten Schifffahrtsmagnaten unseres Jahrhunderts. Das Bild von dem ›freundlichen, alten Herrn‹, das er wie eine Schlangenhaut trägt, ist nur eine Illusion. Wenn ihn etwas verärgert, wirft er sie in Sekundenschnelle ab. Dieser Mann war wegen einer Geige zehn Jahre lang wütend auf seinen einzigen Sohn. Wegen einer albernen Geige, die keiner von beiden spielen konnte. Trotzdem dauerte diese Fehde bis zu dem Tag, an dem sein Sohn bei einem Hotelbrand starb. Selbst jetzt spricht er mit seinem Enkel nur das Allernötigste, obwohl er diesen Mann von der Wiege auf zu seinem Erben erzogen hat. Alle Vandermarks sind harte, getriebene Männer und ich kann Ihnen versichern, dass sie für eine Frau, die die Chance eines Studiums wegen eines Hundes wegwirft, nichts übrig haben.«

Julia hatte gewusst, dass sie wegen des Hundes Vorwürfe zu hören bekommen würde, aber sie war trotzdem zuversichtlich gewesen, dass die Vandermarks ihr am Ende helfen würden. Sie würde diese

Kanzlei nicht ohne die Zusage verlassen, dass sie Hilfe dabei bekam, gegen ihre Exmatrikulation Berufung einzulegen.

»Im alten Japan gibt es einen Brauch, der *Seppuku* genannt wird«, sagte sie. »Damit zeigt man seine Zerknirschtheit. Ein Mensch schneidet seinen Bauch auf, dass seine Eingeweide auf den Boden fallen. Soll ich das hier machen oder soll ich lieber hinausgehen, um Ihr Büro nicht zu beschmutzen?«

Seine Lippen wurden noch schmaler. »Sie finden diese Situation vielleicht amüsant, aber ich habe mich sehr für Sie eingesetzt, Julia! Nickolaas Vandermark hatte nie zuvor von einer Frau gehört, die Ärztin werden will, aber ich habe für Sie gebürgt. Ich habe ihm versichert, dass Sie eine gute Investition wären, dass die Zukunft bei Menschen wie Ihnen liege und nicht bei den alten Regeln der Vergangenheit. Ich konnte ihn überreden, Ihr Studium zu bezahlen, und jetzt haben Sie alles wegen eines Hundes zerstört! Wegen eines *Hundes!*«

Bei der Verachtung in seiner Stimme wand sie sich innerlich. Sie hatte ihn für einen Freund gehalten. Für einen zugeknöpften Mann mit gestärkten Hemden, der in völlig anderen Kreisen als sie verkehrte, aber trotzdem für einen Freund. Wie schnell sich doch das Blatt wenden konnte!

»Gibt es in dieser Kanzlei irgendeinen anderen Anwalt, der bereit sein könnte, mir zu helfen?«

Er runzelte finster die Stirn, öffnete eine Schreibtischschublade und zog ein dünnes Buch heraus, das er mit mehr Schwung, als nötig gewesen wäre, auf den Tisch knallte. Nachdem er einen Moment darin geblättert hatte, klappte er es zu. »Nein, Ihnen kann auch niemand sonst helfen. Ich bin für die geschäftlichen Angelegenheiten von Dierenpark und alle Angestellten dort zuständig. Für solche Kleinigkeiten hat kein anderer Anwalt in dieser Kanzlei Zeit. Und ehrlich gesagt, könnte ich auch keinem raten, sich einzuschalten. Ihnen zu helfen, Ihr Studium fortzusetzen, hieße, noch mehr gutes Geld zu vergeuden. Sie sind auf sich allein gestellt.«

Julia umklammerte ihr Handtäschchen so fest, dass sich der Verschluss in ihre Handfläche bohrte. Sie musste sich endgültig von ihren Träumen verabschieden, aber sie hielt den Kopf hoch. Sie starrte Mr Carlyle an, der innerlich zu kochen schien. Sein Gesicht errötete mit jeder Sekunde mehr. Julia wartete, bis er als Erster den Blick abwandte. Dann stand sie auf.

»Vielen Dank für Ihre Zeit«, sagte sie leise und verließ sein Büro. Beinahe geräuschlos schloss sie die Tür hinter sich.

Ashton hörte am federleichten Rascheln von Julias Rock, dass sie den Raum verließ. Das leise Klicken, als sie die Bürotür schloss, beschämte ihn, aber er konnte es sich nicht leisten, sich erweichen zu lassen. Er hatte viel riskiert, um Nickolaas Vandermark zu überreden, ihre Studiengebühren zu zahlen. Sie hatte keine Ahnung, wie schwer das gewesen war. Sonst hätte sie sich nicht so unverantwortlich verhalten. Mit dem Geld und dem Ruf anderer Menschen konnte man leicht achtlos umgehen.

Er konnte sich noch gut an den angewiderten Blick in Nickolaas Vandermarks altem, schmalem Gesicht erinnern, als Ashton ihm vorgeschlagen hatte, Julias Studium zu unterstützen.

»Ich habe gesagt, dass Sie sich um die finanziellen und materiellen Bedürfnisse der Broeders kümmern sollen«, hatte Mr Vandermark geknurrt. »Damit habe ich nicht gemeint, dass ich die Weltreisen eines Mädchens finanzieren will.«

Die Vandermarks gehörten zu den reichsten Familien in Amerika und konnten sich einfach alles leisten, aber Nickolaas Vandermark zu bitten, das Studium der Gärtnerstochter zu unterstützen, war kühn gewesen. Ashton war dennoch beharrlich geblieben, bis der alte Mann widerstrebend eingewilligt hatte.

Das alles hatte Julia wegen eines Hundes aufs Spiel gesetzt! Hatte diese Frau denn keine Vorstellung davon, welche unbezahlbare Chance sie bekommen hatte? Ashton hatte keinen Wohltäter gehabt, der seine Studiengebühren übernommen hätte. Die schwere finanzielle Belastung hatte sein Vater ganz allein getragen. Seine Familie hatte sich jahrelang stark eingeschränkt, sie hatte gelitten und sich verschuldet, um sein Studium zu finanzieren.

Ashton würde nie vergessen, wie er mitten in seinem dritten Studienjahr in Yale mit zwei Eintrittskarten zu einem Baseballspiel spontan nach Hause gefahren war. Es war der Geburtstag seines Vaters gewesen. Für die beiden Männer ging nichts über einen Nachmittag im Stadion, wenn die Brooklyn Dodgers spielten. Ashton hatte geahnt, dass zu Hause das Geld knapp war, aber er hatte in der Universitätsbibliothek Überstunden geschoben, um sich die Tickets und die Zugfahrt leisten zu können. Als er die Stufen zu dem Sandsteinhaus, in dem er geboren und aufgewachsen war, hinaufstieg, hatte er entsetzt das »Zu-vermieten«-Schild im Fenster gesehen.

Später hatte er erfahren, dass sein Vater eine Hypothek auf ihr Haus aufgenommen hatte, um Ashtons

Studium in Yale zu finanzieren. Als die Hypothek fällig gewesen war, hatte sein Vater nicht zahlen können. Er war aus dem Haus geworfen worden, war in eine Wohnung im achten Stockwerk gezogen und hatte sich an zwei Arbeitsstellen abgerackert, um ihm weiterhin Geld nach Yale zu schicken.

Solche Opfer waren der verwegenen, leichtsinnigen Miss Julia Broeder fremd! Sie hatte keine Vorstellung davon, wie anstrengend es war, wenn man den gesamten Tag im Büro verbrachte und abends im Telegrafenamt weiterarbeitete! Oder wie es für Ashton gewesen war, die Tränen in den Augen seines Vaters zu sehen, weil er sich dafür geschämt hatte, das Haus verloren zu haben!

Ashton atmete tief ein. Schulden und finanzielle Ungewissheit gehörten der Vergangenheit an, aber die Lektionen, die er als junger Mann gelernt hatte, würde er sein Leben lang nicht vergessen. Ja, er kleidete sich gerne gut, aber er gönnte sich seinen guten Lebensstil erst, seit er seinem Vater jeden Cent zurückgezahlt und eine gute Reserve angelegt hatte. Noch heute wohnten er und sein Vater zusammen in einem bescheidenen Haus. Nur eine Frau, die sich nie selbst etwas hatte erarbeiten müssen, konnte so unverantwortlich sein wie Julia.

Er ballte seine Hand zur Faust und starrte die gerahmten Zeichnungen an der Wand über seinem Schreibtisch an. Die Bilder hatten immer eine beruhigende und inspirierende Wirkung auf ihn. Die meisten zeigten die verschiedenen Vandermark'schen Besitztümer, die er verwaltete. Das Dierenpark-Anwesen, auch wenn es mit Abstand das älteste war, war verglichen mit den anderen Investitionen bescheiden. Ashton war für die Verwaltung einer Kautschukplantage in Sumatra, mehrere Lagerhallen im Hafen von Rotterdam und ein Schloss im Schwarzwald zuständig. Er verwaltete zwölf Besitztümer der Vandermarks, die alle an der Wand vor ihm abgebildet waren.

Aber eines der gerahmten Bilder gehörte ihm persönlich: die Landkarte von Marco Polos Reise in den Fernen Osten. Es war eine bescheidene Karte aus einem Buch, welches Ashton als Junge so oft gelesen hatte, bis die Bindung gebrochen war und sich die Seiten herausgelöst hatten. Die Karte aber hatte er aufgehoben. Jahrelang war sie von ihm in einer Schublade aufbewahrt worden, aus der er sie gelegentlich geholt hatte, um in seinen Kindheitsträumen zu schwelgen. Erst als er ein achtbares Gehalt verdiente, hatte er die Karte rahmen lassen und an einen Platz gehängt, an dem er sie jeden Tag sehen konnte.

Julias Liebe zu Marco Polo hatte bei ihm auf Anhieb eine starke Kameradschaft zu ihr geweckt, als sie sich vor vielen Jahren zum ersten Mal begegnet waren. Sie war damals erst fünfzehn gewesen, aber voller Leben, Neugier und Pläne. Früher hatte er ihre Sehnsucht geteilt, die Welt zu sehen. Aber sein Weg war anders verlaufen. Er trug jetzt Verantwortung und hatte seine Kindheitsträume aufgegeben, als sich ihm eine einmalige Chance im Schifffahrtsimperium der Vandermarks geboten hatte.

Trotz seiner gut bezahlten Stelle würde er für den Rest seines Lebens nicht viel mehr sein als ein Verwalter der großen Besitztümer der Vandermarks. Wenn er den gewagten Plan, an dem er seit Jahren arbeitete, in die Tat umsetzen könnte, wäre das der größte Triumph seiner Karriere. Ein Blick aus seinem Fenster zeigte, dass die Stadt von Telefonleitungen, Stromgeneratoren und elektrischen Lampen durchzogen war. Im letzten Jahrzehnt hatte die Wirtschaft der Vereinigten Staaten eine scharfe Wende genommen - weg vom Agrarstaat, hin zur aufblühenden Industrienation. Wenn Ashtons Plan aufginge, würde er den Vandermarks zu einem großen Anteil an dem grenzenlosen Strommarkt verhelfen.

Der Sekretär klopfte an seine Tür. »Mr Stiles von der *General Electric Company* ist da, Sir.«

Ashton atmete tief ein und verdrängte seine Träume von Marco Polo, von Karawanen mit Weihrauch im Gepäck und von einer idealistischen jungen Medizinstudentin. An diesem Vertragsabschluss arbeitete er seit drei Jahren und er konnte sich heute keine Ablenkung leisten.

Er war erleichtert, als er sah, dass Mr Stiles allein war. Es war wesentlich leichter, mit einem Anwaltskollegen zu verhandeln, ohne dass die Ingenieure die Dinge verkomplizierten.

»Guten Tag, Mr Stiles«, sagte er. »Ich hoffe, wir können heute die Verträge unterzeichnen. Davon würde sowohl Ihr Mandant als auch meiner stark profitieren.«

Als er Mr Stiles' zustimmendes Nicken sah, lächelte er.

Julia saß auf dem Pier in Dierenpark. Die alten Holzbretter fühlten sich durch ihre Röcke hindurch unangenehm hart an. Vor ihr breitete sich der Hudson River wie ein glänzendes Band aus, das sich kilometerlang in Richtung Norden durch die grüne Wildnis wand. Der Novembermorgen war kalt und trotz der dicken Decke, die sie um ihre Schultern geschlungen hatte, fröstelte sie. Sie konnte nicht verstehen, wie Sophie es im eisigen Wasser aushielt. Ihre Freundin watete im

Fluss, pflückte hier und da Austern von den Felsen in der Nähe des Piers und sammelte sie in einem Korb, den sie am Arm hängen hatte.

»So wütend habe ich ihn noch nie gesehen«, erzählte Julia und zupfte einen Splitter von dem trockenen Holz, das im Laufe der Jahre ganz grau geworden war. »Ich weiß, dass er helfen könnte, wenn er wollte, aber er denkt nicht einmal daran. Diese Entscheidung sollte doch eigentlich Mr Vandermark treffen und nicht sein Anwalt.«

Sophie beugte sich vor und bewegte die Hand durchs Wasser. Einen Moment später tauchte ihre Hand mit der nächsten großen Auster auf, die klirrend in ihrem Korb landete. »Die Vandermarks wissen wahrscheinlich gar nicht, dass es uns gibt«, sagte Sophie. »Sie leben hauptsächlich in Europa und kommen nur noch sehr selten in die Vereinigten Staaten.«

Julia hob den Blick und richtete ihn auf Dierenpark, das auf den Klippen über ihnen thronte. Das Herrenhaus wirkte so idyllisch, als wäre es von einem Renaissance-Künstler gemalt worden. Sie hatte nie begriffen, weshalb die Familie dieses Anwesen behielt, obwohl sie augenscheinlich kein Interesse mehr daran hatte. Wie war es wohl, wenn man so viel Geld besaß, dass man auf der ganzen Welt Häuser sammeln konnte? Julia vergeudete kaum Zeit damit, auf

Menschen, die mehr besaßen als sie, eifersüchtig zu sein. Ihr würde es schon genügen, über ihre Zukunft selbst bestimmen zu können. Sie war bereit, hart dafür zu arbeiten. Sie *wollte* hart dafür arbeiten, denn die großen Dinge im Leben fielen einem für gewöhnlich nicht einfach so in den Schoß. Aber dass Ashton Carlyle sie so kalt abgewiesen hatte, wurmte sie immer noch.

»Mein größter Wunsch war es immer, aus diesem Tal herauszukommen«, sagte sie und schnipste den Holzsplitter in den Fluss. »Wenn ich in diesem abgelegenen Dorf bleiben muss, sterbe ich.«

Sophie wandte den Blick ab, während sie zum Pier watete und den Korb mit einem schweren Seufzen auf die Bretter stellte.

Sofort bereute Julia ihre unüberlegten Worte. »Entschuldige, Sophie. So habe ich es nicht gemeint. Ehrlich.«

»Ist schon gut«, flüsterte Sophie.

Aber es war nicht gut. Sophie hatte nie etwas anderes gewollt, als hier in diesem Dorf Ehefrau und Mutter zu werden, aber im vergangenen Winter war ihr Verlobter nur einen Monat vor der Hochzeit gestorben. Sophie war jetzt sechsundzwanzig und litt so sehr unter Alberts Tod, dass sie sich hier oben auf Dierenpark verkroch, wo sie unter dem endlosen blauen

Himmel in einem Meer aus Wacholderbäumen allein sein konnte. Julia hatte oft gehört, dass eine verzweifelte Seele einem Menschen mehr zusetzte als körperliche Schmerzen. Sie hatte das nie geglaubt, bis sie gesehen hatte, wie Sophie in dem Jahr nach dem Tod ihres Verlobten langsam dahingewelkt war.

»Gab es seit Albert niemanden mehr?«, fragte Julia vorsichtig.

Sophie verzog das Gesicht und watete zu den Steinen im Wasser zurück, bückte sich und suchte noch mehr Austern. Das Plätschern des Wassers war das einzige Geräusch, das die stille Morgenluft erfüllte.

»Ich kann immer noch nicht darüber sprechen«, sagte Sophie schließlich mit erstickter Stimme, ohne Julia anzusehen. »Nicht einmal mit dir. An den meisten Tagen gebe ich vor, dass alles gut ist. Ich koche und kümmere mich um den Garten, aber in mir ist immer noch alles so leer. Wenn ich an Albert denke, ist es, als würde sich ein tiefes Loch auftun und mich in die Tiefe ziehen. Also bitte ... *bitte!* Ich kann noch nicht darüber sprechen.«

Julia hatte einen so schmerzlichen Verlust noch nie erlebt – sie selbst war zu sehr auf ihr Medizinstudium konzentriert, um sich von einem Mann ablenken zu lassen –, aber es tat ihr weh zu sehen, wie sehr Sophie unter ihrer Trauer litt. Wenn es für Sophie erträglicher war, so zu tun, als liefe alles seinen gewohnten Gang, war Julia gerne dazu bereit.

Sie stand auf und streckte den Arm aus, um Sophie den Korb abzunehmen. »Komm. Wir gehen in die Küche. Du musst mir zeigen, wie man Austerneintopf zubereitet. Ich habe bei den anderen Studentinnen immer damit geprahlt, wie himmlisch du kochen kannst.«

Sophie brachte ein schwaches Lächeln zustande. Aus ihrem Gesicht sprach eine stumme Dankbarkeit. »Danke«, flüsterte sie und folgte Julia zum Herrenhaus.

In der Küche stand Emil an den Tisch gelehnt. Als er die beiden sah, stieß er sich mit einem unsicheren Lächeln ab und ging auf seine Schwester zu.

»Julia? Du kennst doch den alten Mr Hofstad, der auf der Straßenseite gegenüber von Dierenpark wohnt? Den Ziegenbauern?«

Natürlich erinnerte sie sich an Mr Hofstad. Die meisten holländischen Siedler im Tal lebten bereits seit Generationen hier, aber Mr Hofstad war als junger Mann eingewandert und hatte nie richtig Englisch gelernt. Aber auch, wenn sein Englisch schlecht war, so war er im Umgang mit Ziegen doch ein Genie. Sie bezogen ihre Milch und ihren Käse immer von seinem Hof.

»Er hat sich im letzten Monat den Arm gebrochen und bei seinen Ziegen beginnt bald das Ablammen. Er hat gefragt, ob ich ihm helfen kann, aber, nun ja ... mit den Zwillingen und da es Claudia nicht gut geht ...«

»Ich kann ihm gerne helfen!«, fiel ihm Julia ins Wort. Sie hatte noch nie einer Ziege beim Ablammen geholfen, aber sie freute sich darauf, etwas Sinnvolles zu tun, während sie sich überlegte, wie sie den Rest ihres Lebens verbringen wollte.

Denn nach dem heutigen Gespräch mit Mr Carlyle sah es nicht so aus, als würde sie bald ans College zurückkehren.

Julia stand mitten in dem vollen Ziegenpferch. Was hatte sie sich nur dabei gedacht? Mr Hofstad hatte einen schönen Hof, von einem weißen Zaun umgeben, und viele Pferche, Scheunen und Ställe. Aus der Ferne sah sein Land idyllisch aus, aber jetzt, da sie innerhalb dieses Zauns stand, war es ein wenig erdrückender, als sie erwartet hatte.

Mr Hofstad hatte sechzig Ziegen. Sechzig! Und alle waren trächtig und würden innerhalb der nächsten zwei Wochen ablammen.

Mr Hofstad sagte etwas auf Niederländisch und

deutete zu einem der Ställe. Zwei Ziegen hatten die Geburt bereits hinter sich. Die kleinen Lämmer, die auf ihren wackeligen Beinen standen und unsichere Schritte machten, sahen äußerst liebenswert aus.

Julia marschierte in den größeren Pferch. Ziegen waren freundliche und neugierige Tiere. Sie scharten sich innerhalb weniger Sekunden um sie. Das aufgeregte Meckern, der beißende Geruch, die feuchten Schnauzen, die sie anstießen. Worauf hatte sie sich nur eingelassen?

Mr Hofstad lachte. »Sie sagen Hallo.«

Sie nickte und begrüßte die Ziegen ebenfalls. Claudia sprach ein wenig Niederländisch und dolmetschte für sie. Julia erfuhr, dass die Pferche unterteilt waren: Es gab einen für die Ziegen, die bald gebären würden – also die meisten der Tiere hier –, und drei kleinere Pferche, die als Ablammbuchten abgetrennt waren, da Ziegen beim Ablammen gern allein waren. Julia musste die Ziegen genauestens im Auge behalten, um zu erkennen, wann die Wehen einsetzten. Dann musste sie die Mutterziege in eine der Ablammbuchten bringen.

Nach dem Ablammen sollten die Mutterziege und das Lamm in einen der zehn Pferche auf der Ostseite des Hofes gebracht werden. Die wenigen Böcke wurden isoliert gehalten. Sie waren aggressiver und während der Ablammzeit nicht zu gebrauchen. Mr Hofstad würde sie füttern und tränken, aber er brauchte Julias Hilfe dabei, sich um seine Mutterziegen zu kümmern, bis die Ablammzeit vorüber war.

Im Moment war es wohl das Beste, was sie mit ihrer Zeit anfangen konnte. Die nächsten zwei Wochen versprachen ein Abenteuer zu werden, das sie bestimmt nie vergessen würde.

Kapitel 4

Ashtons Ohren schmerzten von dem Dröhnen der lauten Rufe, die vom Handelsparkett der New Yorker Börse aufstiegen. Er beobachtete das Geschehen von der Galerie aus, die ihm einen perfekten Überblick über das Gedränge unter ihm bot. Wahrscheinlich gab es nirgendwo sonst auf der Erde einen so immensen Gegensatz zwischen vornehmem barocken Glanz und aggressiven Männern, die herumliefen, wild durcheinanderschrien und sich um die Plätze an den Handelssäulen drängten. Über dem Parkett prangte eine getäfelte Holzdecke mit Oberlichtern aus Bleiglas in arabeskem Design, von denen einige zur Belüftung schräg gestellt waren. Ein kunstvolles bronzenes Geländer säumte die Galerie, die rund um das Parkett herumführte. Was für eine Eleganz, was für ein lärmendes Durcheinander!

Ashton hielt sich am Geländer fest und beugte sich vor, um die Bewegungen seines Händlers unten auf dem Parkett zu verfolgen. Alle zwanzig Minuten kam Grigsby mit dem aktuellen Ticker zu ihm gelaufen. Ashton musste sich flach auf den Boden der Galerie legen und den Arm durch das Geländer strecken, um den Ticker von unten in Empfang nehmen zu können. Er trug einen maßgeschneiderten Anzug aus London, aber darauf konnte er keine Rücksicht nehmen. Er zahlte hundert Dollar im Jahr für diesen Platz auf der Galerie. Er musste diese Ticker sehen, sobald sie eintrafen.

Die Rufe wurden lauter, als eine neue Welle von telegrafischen Kaufaufträgen aus Chicago eintraf, aber Ashton interessierte sich nicht für Holz-, Rinder- oder Getreidepreise. Er war heute wegen einer einzigen Sache hier: Er wollte den Guttapercha-Markt aufkaufen. Ein ungewöhnlicher Name für ein Material, das dabei war, die Welt im Sturm zu erobern. Die meisten Menschen hatten allerdings keine Ahnung, dass dieses begehrte Material überhaupt existierte.

Das Vermögen der Vandermarks gründete auf riesigen Schiffen, die Holz, Getreide, Fische und Felle über die Weltmeere transportierten, aber das Vermögen des kommenden Jahrhunderts würde nicht in der Transportindustrie verdient werden. Guttapercha, die sonderbare, milchartige Flüssigkeit, die von Kautschukbäumen in Malaysia gewonnen wurde, war das perfekte Material, um die Vandermarks ins zwanzigste Jahrhundert zu befördern.

Die Vandermarks besaßen bereits riesige Guttapercha-Plantagen in Malaysia, aber ihnen gehörte noch nicht alles. Wenn Ashton seine Karten richtig ausspielte, würden sie nach diesem Tag den Weltmarkt für Kautschuk kontrollieren.

Dieser Kautschuk wurde von den meisten übersehen. Guttapercha hatte für Reifen, Regenmäntel und viele andere Einsatzgebiete keinen Nutzen. Aber für die Ummantelung von elektrischen Drähten eignete er sich perfekt. Die meisten Strom- und Telefonleitungen wurden derzeit von geflochtener Baumwolle geschützt. Baumwolle hatte jedoch den Nachteil, dass sie von Insekten angefressen wurde, unter feuchten Bedingungen verrottete und nicht feuerfest war. Gummi aus Guttapercha-Latex war die ideale Lösung.

Falls es Ashton gelang, dieses Geschäft unter Dach und Fach zu bringen, würde bald jedes Telefon, jede elektrische Lampe, jeder Küchenherd und jede Maschine in den Fabriken des Landes Leitungen verwenden, die mit Guttapercha von den Plantagen der Vandermarks isoliert waren.

Er bedeutete Grigsby, ihn über den neusten Stand der Dinge in Kenntnis zu setzen. Der Mann schaute mit besorgter Miene zu ihm hinauf. Von seinem Platz auf dem Parkett informierte ihn Grigsby mit Handzeichen über den aktuellen Preis der Guttapercha-Aktien. Dieser stieg immer höher. Ashton hatte den ganzen Vormittag Aktien gekauft. Den Händlern entging diese Bewegung nicht und sie sprangen auf den Zug mit auf.

Das war Ashton gleichgültig. Guttapercha war nach wie vor eine Goldmine.

»Kaufen!«, rief Ashton hinab. »Alles kaufen!«

Grigsby nickte, drehte sich um und rief, gestikulierte und kämpfte um seinen Platz, um den Kauf zu tätigen.

Konnte man außer sich vor Freude und gleichzeitig bis auf die Knochen müde sein?

Mit einem zufriedenen Grinsen schlängelte sich Ashton auf dem Rückweg zu seiner Kanzlei durch die Menschenmengen auf der Wall Street. Bis zum Ende des Handelstages hatte sich der Preis für Guttapercha verdreifacht, aber er hatte dennoch alles erworben, was Grigsby hatte bekommen können. Er hatte so viel gekauft, dass die Hersteller elektrischer Maschinen mit den Vandermarks würden verhandeln müssen, wenn sie für ihre Drähte und Leitungen das beste und sicherste Isoliermaterial haben wollten. Dieser Coup übertraf alles, was er sich ausgemalt hatte, als er vor Jahren angefangen hatte, für die Vandermarks zu arbeiten.

Auf solche Geschäfte musste er sich spezialisieren, wenn er Nickolaas Vandermarks Aufmerksamkeit erregen wollte. Er dankte dem Himmel für sein Interesse an allem, was den Fernen Osten betraf. Sonst hätte er vielleicht nie von dem Potenzial der ungewöhnlichen Kautschukpflanze erfahren, in die sein Vorgänger nie investiert hatte.

Der Geruch von warmem Brot und würzigen Würsten erfüllte die Luft, als er an den Straßenverkäufern vorbeiging, die ihre Waren feilboten. Er hatte seit dem Morgen nichts zu sich genommen. Auf der Galerie über dem Börsenparkett hatte er unmöglich etwas essen können und er hatte es nicht gewagt, seinen Posten auch nur für eine Minute zu verlassen. Das war der größte Triumph seiner Berufslaufbahn. Dafür nahm er gern ein wenig Hunger in Kauf.

Er schlenderte an der alten deutschen Frau vorbei,

die hinter ihrem Wagen stand und Würste verkaufte, und an dem Fischhändler, der gebratenen Aal und eingelegte Spitzschnecken anpries. Er lief weiter, bis er zu der Chinesin kam, bei der es *Jianbing* gab, einen Eierpfannkuchen, gefüllt mit Frühlingszwiebeln, Bohnenpaste und einer süßsauren Soße, von der Ashton nie genug bekommen konnte. Als er das *Jianbing* bezahlte, lief ihm das Wasser im Mund zusammen und sein Magen knurrte.

»*Sjeh-sjeh – Danke!*«, sagte er zu der Frau.

Sie lächelte, verbesserte seine Aussprache und antwortete dann mit starkem Akzent: »Bitteschön. Guten Appetit.«

Er rollte das *Jianbing* zusammen und nahm einen großen Bissen, während er zu den Büros der Vandermarks zurückschlenderte. Das liebte er an New York so sehr. Er hatte seine Kindheitsträume, den Mond über der Chinesischen Mauer aufgehen zu sehen, aufgegeben, aber er erlebte das Adrenalin bei seinem rasanten Aufstieg zum Gipfel der Geschäftswelt beim Übergang ins nächste Jahrhundert. Und er konnte trotzdem seine Liebe zu Asien bei den Händlern an jeder Straßenecke, in den Kunstmuseen und Buchläden pflegen.

Das Jianbing gab ihm neue Energie, als er die Treppe zu seiner Kanzlei hinaufstieg. Es war schon spät und einige Sekretäre und Anwälte verließen bereits ihr Büro, aber am Empfangspult war Johnston immer noch auf seinem Posten. »Mr Vandermark ist hier und möchte Sie sprechen, Sir. Er ist im Konferenzraum.«

Ashton lächelte. Nickolaas Vandermark wusste von seinem Plan, den Guttapercha-Markt aufzukaufen. Ohne seine Erlaubnis hätte Ashton nie eine so hohe Summe investiert. Nickolaas Vandermark hatte immer noch einen klaren Verstand, aber er verlor mit jedem Jahr mehr das Interesse am Handel. Die Geschäftsleitung übernahm zunehmend sein Enkel Quentin, ein griesgrämiger, schwieriger Mann, der sich nur selten dazu herabließ, in die Vereinigten Staaten zu kommen. Nickolaas Vandermark hingegen reiste gern um die Welt. Er war stolz darauf, seinen Fuß auf jeden der sieben Kontinente gesetzt und alle zwölf Vandermark'schen Besitztümer persönlich besucht zu haben, die von entlegenen Plantagen in Malaysia bis zu dem Schloss im Schwarzwald reichten. Ashton war nicht bewusst gewesen, dass Mr Vandermark wieder im Land war. Sonst hätte er ihn eingeladen, ihn zur Börse zu begleiten.

Er vernahm die lachenden Stimmen aus dem Konferenzraum, noch bevor er eintrat. Die Nachricht von seinem Triumph war ihm offenbar schon vorausgeeilt. Erfolglos versuchte er den Schmutz wegzuwischen, der seit den Ticker-Übergaben an seinem Anzug klebte. Mit einem Seufzer gab er sich geschlagen, rückte aber wenigstens seine Manschetten und seine Krawatte zurecht, bevor er eintrat.

»Glückwunsch!«, rief einer seiner Kollegen, sobald Ashton durch die Tür trat.

Ein Dutzend Anwälte standen um den Tisch herum. Die geöffneten Sektflaschen verrieten, dass die Feier bereits begonnen hatte. Nickolaas Vandermark stand unter dem Porträt eines Vandermark-Generals aus dem siebzehnten Jahrhundert, der die Holländer bei ihrem erfolglosen Versuch, New York nicht an die Briten abzugeben, angeführt hatte. Die Familienähnlichkeit zwischen den strengen, harten Männern war unverkennbar. Nickolaas Vandermark war ein groß gewachsener Mann mit schlanker Figur und einem kalten Ausdruck in den Augen.

»Guttapercha«, scherzte ein Anwalt. »Das klingt wie eine Hautkrankheit, aber wie ich höre, sind *General Electric* und *Bell Telephone* bereits sehr daran interessiert.«

Der Anwalt, der für die Transportverträge verantwortlich war, hob sein Glas. »Wenn wir alle tot und begraben sind, werden unsere Kinder, Enkel und Urenkel vermutlich immer noch Leitungen mit Vandermark-Guttapercha verwenden. Gratuliere, Mr Carlyle.«

Ashton lächelte dankend. Die finanzielle Sicherheit, die er sich mit diesem Geschäft erkauft hatte, war unbezahlbar. Seit sein Vater sein Haus und die gesamten Ersparnisse seines Lebens geopfert hatte, war er nicht gewillt, jemals wieder finanzielle Probleme in Kauf zu nehmen.

Ihm wurde ein Sektglas in die Hand gedrückt, aber Ashton stellte es ab. Immer noch blickte er zu Nickolaas Vandermark, dessen Miene unmöglich zu deuten war. Der alte Mann beobachtete die Feier mit einem gewissen Abstand und seine scharfen Augen musterten die Männer im Raum.

Ashton räusperte sich. »Danke«, sagte er. »Die Verträge mit einer Fabrik, die Leitungsummantelungen produziert, müssen noch endgültig unter Dach und Fach gebracht werden. Aber wir sind jetzt die einzige Firma, die eine zuverlässige Versorgung mit Guttapercha garantieren kann.«

Erneut wurde ihm applaudiert und auf den Rücken geklopft. Schließlich verließ Nickolaas Vandermark seinen Platz in der Ecke und schüttelte ihm die Hand. »Gut gemacht, Mr Carlyle«, sagte er nur. »Ihr Anzug sieht aus, als wäre eine Büffelherde darübergelaufen.«

»Oder ein ganzer Bullenmarkt!«, scherzte ein anderer Anwalt.

»Exakt«, gab ihm Mr Vandermark mit einem leichten Nicken recht, bevor er sich wieder Ashton zuwandte. »Bitte schicken Sie mir die Rechnung für die Reinigung. Das ist das Mindeste, was ich für Ihren Einsatz für unser Unternehmen tun kann.«

»Danke, Sir.«

Mehr Lob konnte er von seinem Arbeitgeber vermutlich nicht erwarten, denn die Vandermarks waren dafür berüchtigt, strenge und aggressive Geschäftsleute zu sein. Ihre Schiffe waren zu ihrem eigenen Schutz in Konvois und mit Kanonen und bewaffneten Söldnern ausgestattet unterwegs, wenn sie die gefährlichen Häfen der Welt ansteuerten. Sie setzten ihren immensen Reichtum ein, um Märkte aufzukaufen und die Konkurrenz einzuschüchtern. So funktionierte es in dieser Familie bereits seit dem siebzehnten Jahrhundert.

Nickolaas Vandermark warf einen Blick auf Ashtons unberührtes Sektglas. »Da die Feier offenbar beendet ist, würde ich Sie gern einen Moment unter vier Augen in Ihrem Büro sprechen.«

Das war ein sehr abrupter Übergang. Mr Vandermarks Gesicht war immer noch ausdruckslos und verriet nichts, aber seine Botschaft war eindeutig: Alle sollten wieder an ihre Arbeit gehen. Die gute Laune verflog im Nu, als die anderen Männer ihre Gläser abstellten und den Raum verließen.

Ashton führte Mr Vandermark in sein Büro. Vielleicht hatte der alte Mann Vorbehalte, einen so jungen Anwalt in der Öffentlichkeit zu loben. Da er gerade erst dreißig geworden war, war Ashton deutlich jünger als die meisten Männer in der Kanzlei, die der Familie Vandermark schon seit Jahrzehnten dienten.

Sobald die Tür zu seinem Büro geschlossen war, ging Nickolaas Vandermarks Stimme wie eine Peitsche auf ihn nieder. »Der Erfolg mit dem Guttapercha ist äußerst erfreulich, aber was kam mir zu Ohren?! Sie weigern sich, Julia Broeder zu helfen, am College wieder aufgenommen zu werden?«

Bei diesem abrupten Themenwechsel blinzelte Ashton verwirrt. »Wie bitte?« Er trat einen Schritt zurück und stützte sich mit der Hand auf der Schreibtischplatte ab, während der alte Mann wie ein gefangener Tiger in seinem Büro auf und ab ging.

»Meine Familie kümmert sich seit Jahrhunderten um die Broeders!«, sagte Vandermark mit hitziger Stimme. »Als Sie die Verwaltung von Dierenpark übertragen bekamen, habe ich unmissverständlich deutlich gemacht, dass Sie dafür sorgen sollen, dass die Familie Broeder alles erhält, was sie benötigt.«

Ashton fühlte sich wie vor den Kopf geschlagen. Er hatte für Julia alles getan! Er unterschrieb die Schecks für ihre Studiengebühren, er überwies ihr Geld für

Bücher und Lernmaterial. Er schickte ihr regelmäßig Pakete mit Geschenken und Ermutigungsbriefen. Alle mit Nickolaas Vandermarks Unterschriftsstempel unterzeichnet. Was hätte er sonst noch tun können?

»Mir wurde berichtet, dass Miss Broeder wegen eines rechtlichen Verstoßes das College verlassen musste«, erwiderte er steif. »Konkret gesagt, wegen moralischer Verwerflichkeit.«

»Ich will, dass sie ihr Studium fortsetzen kann«, knurrte Mr Vandermark. »Wenn Miss Broeder Ärztin werden will, sorgen Sie dafür, dass sie Ärztin wird.«

»Das könnte sich schwierig gestalten, Sir. Es gibt nur sehr wenige medizinische Fakultäten, die Frauen aufnehmen.«

Nickolaas Vandermark kniff die Augen zusammen. »Dann muss ich mich wohl deutlicher ausdrücken: Falls sich die medizinische Fakultät für Frauen am College von Pennsylvania weigert, Miss Broeder wieder zu immatrikulieren, werden Sie die medizinische Fakultät in Harvard dazu bringen, ihre Türen für Frauen zu öffnen. Falls das nicht gelingt, versuchen Sie es in Yale. Mir ist nicht wichtig, wie Sie es bewerkstelligen, aber ich will, dass Miss Broeder unverzüglich an einer angesehenen medizinischen Fakultät immatrikuliert wird. Habe ich mich klar ausgedrückt?«

»Ja, Sir.«

Die Tür fiel krachend hinter Mr Vandermark ins Schloss. Ashton konnte immer noch nicht ganz fassen, was soeben geschehen war. Er hatte keine Ahnung, wie dieser Vorfall Mr Vandermark zu Ohren gekommen war, aber es war allgemein bekannt, dass die Vandermarks Leute dafür bezahlten, dass sie alles im Auge behielten. Mit anderen Worten: Sie hatten Spione. Einer dieser Spione musste diese Information an Mr Vandermark weitergegeben haben.

Ashton stützte sich mit den Handflächen auf der Tischplatte ab und wünschte, er könnte das Zittern in seinen Händen unterbinden. Wenn er von Nickolaas Vandermark entlassen wurde, würde ihn keine andere Kanzlei in der Stadt einstellen. Er schloss die Augen und versuchte sich zu erinnern, was ihm sein Vorgänger über den Umgang mit Dierenpark und der Familie Broeder erzählt hatte.

»Nickolaas Vandermark ist furchtbar abergläubisch«, hatte ihn der Anwalt gewarnt. »Die anderen Angestellten auf dem Anwesen interessieren ihn nicht. Aber die Broeders sind ihm wichtig. Das ist sonderbar, aber ich habe die Launen eines Millionärs nie infrage gestellt. Geben Sie den Broeders alles, was sie wollen. Aber Sie werden feststellen, dass sie sehr umgänglich sind. Die Broeders sind einfache Leute, die nie viel verlangen.«

Ashton seufzte. An Julia Broeder war nichts einfach.

Kapitel 5

»Das hast du gut gemacht, Süße«, flüsterte Julia der Ziege zu, die im Heu lag. Die Mutterziege ruhte sich nur einen Moment aus, bevor sie sich umdrehte, um ihre neugeborenen Lämmer abzulecken, die bereits mit wackeligen Beinen versuchten, aus ihrem Bett aus nassem Heu aufzustehen. Zwillingsgeburten waren bei diesen Tieren nicht unüblich.

Es war bereits kurz nach Mitternacht. Erschöpft setzte Julia sich auf die Fersen zurück, um die Zwillingslämmer zu betrachten, die soeben auf die Welt gekommen waren. Die Geburt war bei beiden gut verlaufen, sie hatte sie lediglich von Schleim befreien müssen.

Seit sechs Tagen war sie nun hier und hatte sich angewöhnt, auf einem Feldbett in einer Ecke des Stalls zu schlafen. Ziegen konnten jederzeit ablammen und es war am besten, wenn sie sich dann bereits in der Nähe befand. Sobald sie erste Anzeichen von Wehen bemerkte, brachte Julia die Mutterziege in eine Ablammbucht und sorgte dafür, dass der Boden mit frischem Heu ausgelegt war. Da Ziegen sehr neugierige Tiere waren, drückten sich die, die hinter den Buchten standen, an die Abtrennung und schauten aufmerksam zu. Sie waren wirklich wunderbare Geschöpfe! Abgesehen von einem gelegentlichen Meckern und Ausschlagen mit den Hufen verhielten sich Ziegen während des Gebärvorgangs stoisch, bis sich zum Schluss der ganze Körper des Muttertiers anspannte. Julias Anwesenheit schien sie stets zu beruhigen. Deshalb störte es Julia nicht, während des gesamten Geburtsvorgangs neben ihnen zu sitzen und besänftigend auf sie einzureden. Bisher hatte sie bereits fünfzehn Ziegen beim Ablammen geholfen. Sobald Julia sicher war, dass es beiden Lämmern gut ging, fegte sie das schmutzige Heu weg und ersetzte es durch frisches. Ziegen legten viel Wert auf Sauberkeit. Deshalb reinigte sie zunächst die Bucht, bevor sie zu einem Wassereimer ging, um sich selbst zu waschen. Dann stellte sie die Flamme der Laterne kleiner, lief hinüber zu ihrem Feldbett und ließ sich müde darauf sinken.

Stöhnend löste Julia die Schnürsenkel ihrer Stiefel. Einen Moment später erstarrte sie. Aus der Ablammbucht, die sie soeben erst sauber gemacht hatte, kamen eindeutige Geräusche.

Drillinge? Sie hatte bisher noch keine Drillingsgeburt einer Ziege erlebt, aber möglich war es. Hastig schnürte sie ihre Stiefel wieder zu, kehrte zu der Ablammbucht zurück und schwang ein Bein über den obersten Balken. Nach ihrem ersten Tag im Stall hatte sie Mr Hofstad um eine Hose gebeten. Noch am selben Abend hatte er ihr einen Stapel sauberer Hosen und einen Gürtel gebracht. Die Arbeit im Ziegenstall war zu anstrengend, um sich auch noch mit Röcken herumschlagen zu müssen. Sie hatte sich schnell an die Freiheit gewöhnt, die ihr Hosen ermöglichten.

Julia kniete neben der Ziege nieder und drehte die Laterne so, dass sie das Hinterteil des Muttertiers besser sehen konnte. Tatsächlich schob sich ein weiterer glänzender Sack mit Flüssigkeit in den Geburtskanal.

»Sieh einer an! Drillinge!«, lächelte sie die kleine Schnauze an, die bereits durch die Membran hindurch zu sehen war. Sie verdrängte ihre Müdigkeit. Egal, wie erschöpft sie war, dieser Ziege ging es gewiss schlechter als ihr. Sie streichelte dem Tier die Seite und verfolgte wie gebannt das Wunder der Geburt, welches hier vor ihren Augen stattfand. In dieser Phase konnte sie nicht viel machen, außer da zu sein, um das Lamm schnell vor den ausschlagenden Hufen seiner Mutter in Sicherheit zu bringen.

Inmitten eines Schwalles warmer Flüssigkeit glitt das Lamm schließlich aus dem Geburtskanal heraus. Schnell befreite Julia die Schnauze des Neugeborenen von der Membran und freute sich, dass es augenblicklich nach Luft schnappte. Kurze Zeit später versuchte es bereits zu stehen. Erschöpft und dennoch fasziniert schaute sie dem kleinen Tier bei seinen ersten Schritten in dieser Welt zu. Dieses Lamm hatte deutlich mehr Energie als sie.

Julia blickte die eng zusammengedrängten anderen Ziegen an, die hinter der Abtrennung standen und alles genauestens verfolgten. »Ihr hofft bestimmt alle, dass ihr das nicht dreimal durchmachen müsst«, sagte sie grinsend zu ihnen und begann, das schmutzige Heu zu entfernen.

Als sie mit der Arbeit fertig war, konnte sie sich vor Müdigkeit kaum noch auf den Beinen halten. Julia tauchte ihre Hände in einen Eimer mit kaltem Wasser und schrubbte sie sauber. Dann ließ sie sich auf ihr Feldbett fallen und schlief mit den schmutzigen Stiefeln an den Beinen, aber einem glücklichen Lächeln im Gesicht ein.

Wie jeden Morgen weckte sie das Meckern der Ziegen.

Das Aufwachen fiel ihr mit jedem Tag leichter. Julia würde ihren ersten Morgen im Stall nie vergessen. Ihre Muskeln waren steif gewesen, weil sie so lange in der Hocke gesessen hatte, und hatten sich geweigert zu kooperieren. Julia hatte es nicht mehr geschafft, sich vom Feldbett hochzuschieben. Sie war zu Boden gefallen, mit dem Gesicht auf dem Stallboden gelandet und hatte eine Nase voll Strohstaub eingeatmet.

Doch mittlerweile erhob sie sich mit Leichtigkeit von ihrem Bett und begann zügig mit der vertrauten Arbeit. Ihre erste Aufgabe war es, zum anderen Stall zu gehen und sich durch die trächtigen Ziegen zu schieben, um nachzusehen, ob eine von ihnen Anzeichen von Wehen zeigte. Sie entdeckte drei, die aussahen, als würden sie heute vermutlich noch gebären. Als sie die Ziegen in die Ablammbuchten gebracht hatte, war Sophie bereits mit dem Frühstück aus dem Haupthaus von Dierenpark gekommen und winkte Julia von der anderen Seite der Weide aus zu.

»Ich habe dir ein Omelett zubereitet!«, rief Sophie

und hielt einen Teller hoch. Julia verließ den Stall und lief über die Wiese zu dem weißen Holzzaun.

»Vielen Dank! Du bist wirklich ein Geschenk des Himmels!«, sagte Julia. Der köstliche Duft von geschmolzenem Käse und frischen Kräutern ließ ihre Knie weich werden. Sophie stellte sich auf der anderen Seite des Zauns auf ihre Zehenspitzen und reichte ihr eine Milchflasche und ein Körbchen mit zwei warmen Blaubeermuffins, sobald Julia ihren Teller leer gegessen hatte.

»Gibt es etwas Neues?«, fragte Sophie.

»Ich habe letzte Nacht Drillinge bekommen. Besser gesagt, die liebenswerte kleine Nubier-Ziege mit den Hängeohren hat Drillinge bekommen. Ich habe ihr lediglich dabei geholfen.«

Aber es war sehr aufregend gewesen. Erfüllend. Sie hatte immer gedacht, dass sie Ärztin werden und Menschen helfen sollte, aber vielleicht wäre sie eine noch bessere Tierärztin? Die Lebensgrundlage von Bauern wie Mr Hofstad war von der Gesundheit ihrer Tiere abhängig und es gab nicht viele Menschen, die auf Tiermedizin spezialisiert waren. Die arme, misshandelte Hündin in Philadelphia zu behandeln, hatte Julia eine unerwartete Befriedigung bereitet. Vielleicht bliebe ihr in Anbetracht der Exmatrikulation auch keine andere Wahl, als sich um kranke Tiere zu kümmern. Sie war jung und intelligent. Jetzt, da die lähmende Panik, die sich nach den Ereignissen der letzten Wochen bei ihr breitgemacht hatte, allmählich nachließ, musste sie sich Gedanken über die Möglichkeiten machen, die ihr noch blieben. Vielleicht hatte Gott bei dem, was geschehen war, die Hände im Spiel gehabt. Zumindest für Mr Hofstad war es sicher ein Segen, dass sie genau zu diesem Zeitpunkt nach Dierenpark gekommen war.

Julia reichte die leere Milchflasche und den Korb über den Zaun zurück und Sophie stellte alles zunächst neben sich im Gras ab. »Vielleicht kann ich deine schmutzige Kleidung waschen«, schlug sie vor.

»Willst du damit sagen, dass ich stinke?«

Sophies Augen funkelten verschmitzt. »Damit will ich nur sagen, dass ich hoffe, dass ich dir bald saubere Kleidung besorgen kann. *Sehr, sehr* bald.«

Julia verdrehte die Augen. »Sophie, selbst deine Beleidigungen klingen auf seltsame Weise reizend und charmant.« Dennoch kehrte sie sofort in den Stall zurück und holte die schmutzige Wäsche, die sich inzwischen angesammelt hatte.

Sophie strahlte wie ein Sommermorgen, aber als Julia ihr den Berg Schmutzwäsche in die ausgestreckten Arme legte, verzog sie das hübsche Gesicht zu einer angewiderten Grimasse.

»Du bist ein Engel der Güte und Barmherzigkeit«, sagte Julia mit einem Augenzwinkern.

Sophie wandte die Nase von den übel riechenden Kleidungsstücken in ihren Armen ab. »Ich komme mir eher vor wie Wellington in Waterloo«, keuchte sie. »Oder wie Washington, der den Delaware überquert. Unter Einsatz meines Lebens werde ich diese Sachen zum Waschen bringen.« Mit ernster Miene straffte Sophie ihren Rücken. »Die Milchflasche, den Teller und den Korb hole ich gleich. Diese Angelegenheit hier kann nicht warten! Ich erstatte Bericht, sobald die Mission erfolgreich ausgeführt wurde.« Sie blickte bedeutsam auf die Wäsche vor sich, wandte sich mit einem Kopfnicken von Julia ab und lief los.

Julia schaute ihrer Freundin lachend nach, die durch die Tore nach Dierenpark zurückkehrte und auf dem von Bäumen gesäumten Weg verschwand. Sie wünschte, Sophie würde es wagen, von hier fortzugehen. Auf dem Anwesen verkümmerte sie. Das Einzige, was Sophie wirklich in ihrem Leben wollte, war es, Ehefrau und Mutter zu sein. Aber wie sollte sie einen Mann kennenlernen, wenn sie sich in der abgeschiedenen Einöde eines abgelegenen Hauses versteckte?

Das schmerzerfüllte Meckern einer Ziege riss Julia aus ihren Gedanken. Im Stall wurde es unruhig. Sie lief zurück und schob sich durch die fünfundvierzig trächtigen Ziegen, die noch nicht abgelammt hatten. Zwei von ihnen im hinteren Teil des Stalls wirkten angespannt und machten die anderen sichtlich nervös. Sie stapften auf den Boden und stießen gegen die Wand. Das waren deutliche Anzeichen, dass die Wehen eingesetzt hatten.

Es war äußerst anstrengend, sie aus dem Pferch zu bringen, ohne dass die anderen ihnen folgten. Es gab nur drei Buchten. Das bedeutete, dass sie immer zwei Ziegen in eine Bucht bringen musste. Ziegen waren bei der Geburt zwar lieber allein, aber das war nicht immer möglich.

Die Ziege, die allein in einer Bucht war, stand kurz vor dem Lammen. Sie hatte sich aufs Stroh geworfen und meckerte vor Schmerzen. Julia eilte zu ihr und häufte frisches Heu um das Hinterteil der Ziege auf. Sie war so in ihre Arbeit vertieft, dass sie hochschreckte, als sie plötzlich eine Stimme vom anderen Ende des Stalls vernahm: »Hallo, Miss Broeder.« Es gab nur einen Menschen, der mit einer solchen Höflichkeit und Kultiviertheit in der Stimme sprach. Ungläubig schüttelte sie den Kopf, fuhr herum und staunte, als sie Ashton Carlyle im offenen Türrahmen des Ziegenstalls stehen sah. Er trug einen seiner üblichen gestärkten Kragen, auf Hochglanz polierte Schuhe und eine kanariengelbe Weste, deren Satinstoff im schwachen Licht des Stalls glänzte.

Sie richtete sich auf und stützte die Unterarme auf das oberste Brett der Abtrennung. »Haben Sie sich verirrt? Dierenpark befindet sich auf der anderen Straßenseite.«

Seine Mundwinkel hoben sich etwas, aber zu wenig, als dass es als Lächeln hätte gelten können. Als er sich im halbdunklen Inneren des Stalls umsah, rümpfte er missbilligend die Nase. »Ich bin Ihretwegen nach Dierenpark gekommen. Man hat mir mitgeteilt, dass ich Sie hier finden würde. Wenn Sie Ihre Arbeit hier beenden und mit mir in die Bibliothek auf Dierenpark kommen könnten? Ich muss dringend mit Ihnen sprechen.«

Ohne den Blick von ihm abzuwenden, beugte sie sich nach unten, um die Ziege zu streicheln, die mitleiderregend meckerte. Julia bewegte ihre Hand nach hinten unter den Schwanz des Tieres und wusste, dass es wahrscheinlich nur noch wenige Minuten dauern würde, bis das Lamm geboren wurde.

»Ich habe leider keine Zeit«, sagte sie und hatte Mühe, ihre Belustigung zu verbergen. »Sagen Sie doch gleich hier, was Sie zu mir führt.«

Er schien sich über ihre Weigerung, den Stall zu verlassen und ihm in den fürstlichen Glanz des Herrenhauses zu folgen, zu ärgern. Trotzdem wagte er sich einige Schritte weiter in den Stall, bis er neben der Ablammbucht stand.

»Ich denke, ich könnte bei meiner Weigerung, mich für Sie bei der Dekanin der Fakultät einzusetzen, ein wenig voreilig gewesen sein. Mein Terminkalender ist ziemlich voll, aber wenn Sie morgen früh um acht Uhr am Bahnhof sein können, werde ich Sie nach Philadelphia begleiten, um Sie zu unterstützen, an der medizinischen Fakultät wieder aufgenommen zu werden.«

Sie atmete scharf ein und stand auf. Ungläubig starrte sie ihn an. »Das würden Sie für mich tun?«

»Ja. Aber der Geruch in diesem Stall ist unerträglich. Deshalb würde ich Ihnen die Details gern im Haus erläutern.«

Sie trat ein Stück näher, damit sie ihn über den Zaun sehen konnte. »Danke! Ich weiß gar nicht, was ich sagen soll. Das ist das Netteste, was je jemand für mich getan hat.«

Soweit das überhaupt möglich war, schienen ihre Worte ihn nur noch mehr zu verärgern. Seine Mundwinkel zogen sich nach unten und er wirkte äußerst ungeduldig. Er ließ seine Hand in die Tasche seiner Anzughose gleiten, brachte ein Taschentuch mit seinen Initialen darauf zum Vorschein und hielt es sich vor die noch immer gerümpfte Nase.

»Bitte bereiten Sie alles vor, um morgen früh um sieben Uhr von Dierenpark aufzubrechen, damit wir mit dem Acht-Uhr-Zug fahren können.«

Die Ziege hinter ihr begann, um sich zu treten. Julia drehte sich um und sank neben dem Tier auf die Knie. »Oh ... nun ja. Ich kann leider in den nächsten Tagen nicht von hier weg. Die Ziegen brauchen mich.«

Er wirkte vollkommen verblüfft. »Soll das heißen, dass Sie wegen ein paar Ziegen auf Ihr Medizinstudium verzichten? Letzte Woche war es ein Hund, heute ist es eine Ziege! Ich kann nur hoffen, dass Dierenpark keine plötzliche Zuwanderung von Schildkröten oder Nagetieren erfährt, die bei Ihnen einen neuen Anfall von Altruismus auslösen könnten.«

Sie rieb weiter die Seiten der Ziege und grinste zu ihm hinauf. Sie hatte allmählich den Verdacht, dass sich unter der vornehmen New Yorker Kleidung ein wunderbarer Sinn für Humor versteckte. »Wozu die Eile? Ich kann vermutlich ohnehin erst im nächsten Semester wieder immatrikuliert werden.«

Die Schreie der Ziege wurden drängender und hartnäckiger wie das Warnsignal eines Feuerwehrautos, das durch die Straße rast. Die Ziege krümmte ihr Hinterteil und reckte den Schwanz hoch. Der schimmernde Rand der Fruchtblase erschien im Geburtskanal. Diese Ziege würde gleich ihr Lamm bekommen.

Sie schaute zu Mr Carlyle hinauf. »Wollen Sie zusehen, wie eine Ziege niederkommt? Das wird jeden Augenblick der Fall sein.«

Der Anwalt zog sein Taschentuch noch ein Stück höher. »Nein, danke.«

Bei einer Ziege in der nächsten Bucht setzten die Wehen ein. Ihr klägliches Jammern und das Reiben ihrer Schnauze am Zaun waren sichere Anzeichen dafür, dass sie sich immer unwohler fühlte. Das konnte Probleme verursachen, denn die Ziege, die mit ihr in der Bucht war, wurde dadurch nervös und trat nach allen Seiten aus. Wenn Julia die Tiere nicht beruhigen konnte, würde diese Ziege die andere vermutlich verletzen.

»Würden Sie bitte diese Ziege streicheln?«, bat sie Mr Carlyle. »Sie bekommt zum ersten Mal ein Junges und ist aufgeregt.«

Mr Carlyle hielt sich immer noch das Taschentuch vor die Nase, aber seine Augen wurden plötzlich groß. »Und Sie meinen, Streicheln hilft?«

»Oh, ja. Ziegen sind gesellige Wesen. Mit Streicheln können Sie sie beruhigen, bis ich zu ihr kommen kann. Wären Sie bitte so freundlich?« Sie lächelte zu ihm hinauf.

Alle Spuren von Freundlichkeit und Mitgefühl verschwanden aus Mr Carlyles Gesicht, als er sein Taschentuch zusammenfaltete, widerwillig in die zweite Bucht stieg und mit den Fingerspitzen vorsichtig den Kopf der Ziege berührte. Diese reagierte sofort, drückte den Kopf an seine Handfläche, schleckte sie ab und beschnupperte ihn.

Dem stets höflichen Anwalt von Dierenpark entfuhr ein erbostes Schimpfen.

»Sie will Sie nur kennenlernen«, versuchte Julia ihn zu ermutigen und musste sich mit aller Mühe ein Lachen verkneifen. Ihre Aufmerksamkeit war gebannt durch das Lamm, das in diesem Moment auf die Welt kam, aber auch durch den Anblick von Ashton Carlyle, der versuchte, eine Ziege mit so wenig Körperkontakt wie möglich zu streicheln.

Die Schnauze der kleinen Ziege erschien im Geburtskanal und Julia konzentrierte sich nun vollkommen auf die Geburt. Sie beugte sich vor, um dem neugeborenen Lamm auf die Welt zu helfen. Mit einem Handtuch säuberte sie anschließend die Nase des Tieres.

»Schauen Sie, es ist ein männliches Zicklein«, sagte sie lächelnd. »Mit dunklen Flecken. Ist es nicht bezaubernd?«

Die Mutterziege drehte den Kopf und leckte ihr Neugeborenes sauber. Normalerweise sollte es nun auf seine Mutter reagieren, aber das Tier rührte sich nicht. Julia öffnete ihm mit dem Handtuch das Maul und holte Schleim heraus, dennoch zeigte es kein Lebenszeichen.

Du musst Ruhe bewahren! Das war viel leichter gesagt als getan, wenn ein Lamm regungslos im Stroh lag. Sie erinnerte sich an die Anweisungen des Bauern, dass sie ein Neugeborenes, das nicht atmen wollte, kräftig reiben sollte.

»Komm schon!«, drängte sie und rieb mit dem Handtuch die Rippen und den Bauch des Zickleins. »Komm schon, atme!«, befahl sie.

Immer noch nichts. Sie spürte, dass Mr Carlyle näher kam und sich über die Abtrennung beugte, aber sie beachtete ihn nicht weiter. Ihre Aufmerksamkeit galt dem kleinen Bock vor ihr. In der letzten Woche hatte sie fast zwanzig Lämmer auf die Welt gebracht und alle waren am Leben gewesen. Dieser kleine Ziegenbock war das erste Tier, das nicht atmete. Und das, obwohl er perfekt gebaut war: Ein schönes kleines Böcklein mit cremeweißem Fell und dunkelbraunen Flecken. Vier winzige Hufe, ein süßer kleiner Schwanz. Sie würde alles tun, damit er nur endlich atmete!

Julia griff unter das Tier, damit sie beide Seiten seiner Rippen gleichzeitig massieren konnte. Zum Glück wog der kleine Bock nicht viel. Sie hob ihn vom Stroh hoch, um ihn kräftig zu reiben.

»Komm schon, Kleiner, atme!« Das war furchtbar. Einfach furchtbar. Es erschien ihr nicht fair, dass dieser kleine Ziegenbock sterben sollte, noch bevor er seinen ersten Atemzug getan hatte.

Dann plötzlich ... ein kurzer Schrei. Sie erstarrte. Dann ein weiterer Schrei.

Ihr Blick schoss zu Mr Carlyle, der sich mit aufmerksamer Miene über den Zaun gebeugt hatte. Er sah Julia an.

»Ich glaube, er lebt«, flüsterte er.

»Das glaube ich auch«, flüsterte sie zurück und wagte es nicht, sich zu bewegen. Das war der erstaunlichste Moment ihres bisherigen Lebens.

Das Lächeln, mit dem Mr Carlyle sie über den Zaun hinweg anschaute, war umwerfend. Er spürte anscheinend die gleiche begeisterte Freude wie sie. Auch wenn es albern war, fiel ihr auf, wie ebenmäßig und weiß seine Zähne im schwachen Licht des Stalls aussahen.

Das kleine Tier schrie immer noch. Sie stellte es vorsichtig auf den Stallboden und trat zur Seite, damit die Mutterziege ihr Baby weiter ablecken konnte. Das Junge kämpfte, um auf seinen Hufen einen festen Halt zu finden. Es rollte sich auf die Seite und mühte sich, wieder aufzustehen. Noch funktionierte es nicht. Der kleine Bock fiel mit einem mitleiderregenden Meckern wieder ins Heu und entlockte Julia und Ashton ein Lachen.

Julia setzte sich zurück, blickte den Anwalt an und lächelte vor Erleichterung und purer Lebensfreude.

Das war gewiss das Erstaunlichste, was er je erlebt hatte. Als Einzelkind von Eltern, die ebenfalls Einzelkinder gewesen waren, hatte Ashton keine Geschwister, Cousins, Cousinen, Onkel oder Tanten. Er hatte also nie Kontakt zu neugeborenen Babys gehabt. Aufgrund der schwachen Lunge seiner Mutter hatten sie nie ein Haustier halten können oder waren auch nur in die Nähe eines Stalls gekommen.

Er hatte deshalb nie gesehen, wie ein Mensch oder ein Tier geboren wurden und ein Lebewesen seine ersten Momente erlebte. Er hatte den Atem angehalten, während sich Julia um den neugeborenen Ziegenbock bemühte. Ihre Miene war sehr entschlossen gewesen, als sie alles getan hatte, um dieses Lamm zum Atmen zu bewegen. Und es war ihr tatsächlich gelungen!

Ihre Entschlossenheit überraschte ihn nicht. Er hatte jahrelang die Dankbriefe gelesen, die sie an Nickolaas Vandermark geschrieben hatte. Darin hatte sie ihm Einblicke in ihr Herz gewährt und von den erstaunlichen Wundern der Anatomie- und Physiologievorlesungen erzählt, von Museen und Bibliotheken und von ihren Träumen, als Missionarin in den Fernen Osten zu fahren. Ein winziger Teil von Ashton hatte sich in das kluge, ehrgeizige Mädchen, das diese Briefe schrieb, verliebt. Das bedeutete jedoch nicht, dass er sich tatsächlich für sie als Frau interessiert hätte. Er liebte sie genauso, wie er das Buch von Marco Polo liebte. Wie er eine Sinfonie von Brahms liebte. Mit Bewunderung, Staunen und dem sehnlichen Wunsch zu erfahren, wie es weitergehen würde.

Er hatte immer höfliche Antwortbriefe geschrieben und sie mit Nickolaas Vandermarks Unterschriftenstempel signiert, so wie er es bei der übrigen Korrespondenz, die er für ihn erledigte, auch tat. Mr Vandermark selbst interessierte sich nicht für die akademischen Fortschritte von Miss Broeder. Er hatte nie einen ihrer Briefe sehen wollen oder sich nach ihren Noten erkundigt. Erst durch die scharfe Zurechtweisung vor einigen Tagen hatte Ashton erlebt, wie stark das ungewöhnliche Bedürfnis der Vandermarks war, die Broeders zufriedenzustellen. Was tatsächlich dahintersteckte, konnte er jedoch nur erahnen. Ashton wusste nur, dass er Julia helfen musste, wieder immatrikuliert zu werden. Sonst würde er vermutlich seine Arbeitsstelle verlieren. Der Ruhm für den Abschluss der Guttapercha-Verträge würde einem anderen Anwalt zufallen, ebenso wie dieser den Lohn für das, was Ashton geleistet hatte, einstreichen würde.

Er beobachtete Julia, wie sie das schmutzige Heu in die Ecke rechte und es durch frisches ersetzte.

»So etwas Abenteuerliches habe ich nicht erwartet, als ich heute Morgen aus New York abgefahren bin«, sagte er. Das war vermutlich die Untertreibung des Jahres. »Jetzt geht es dem Lamm gut und Ihre Arbeit ist erledigt. Wann können wir nach Philadelphia aufbrechen? Je früher wir Berufung gegen Ihre Exmatrikulation einlegen, umso schneller können Sie Ihr Studium wieder aufnehmen.«

Julia schaute ihn nicht an, sondern wusch sich in einem Wassereimer die Hände. Sie schien sich besonders viel Mühe zu geben, seifte eine Nagelbürste ein und schrubbte damit sorgfältig ihre Nägel.

»Ich will nicht zurück nach Philadelphia«, antwortete sie ruhig, während sie die Bürste in einen Wassereimer tauchte und dann den Schaum von ihren Händen spülte.

Sein Lächeln blieb unverändert. »Ich glaube, ich habe mich verhört. Würden Sie das bitte noch einmal wiederholen?«

Sie nahm ein Handtuch und vermied es, ihn anzusehen. »Ich spiele mit dem Gedanken, Tierärztin zu werden. Die letzten Tage waren sehr erfüllend. Ich habe mir nie zuvor Gedanken darüber gemacht, dass ich Tiere behandeln könnte.«

Ashton fiel es schwer, sie deutlich zu sehen, da Wut seine Sicht zu trüben begann. Aber er bemühte sich um eine ruhige Stimme. Die wichtigste Technik der Verhandlungskunst war es, das Gegenüber nie wissen zu lassen, wie sehr man etwas brauchte. Sein Vater hatte vor drei Jahren seine Arbeit als Buchhalter aufgeben und in Rente gehen können, weil Ashton so gut verdiente. Er würde nicht zulassen, dass Julia Broeders Launen seine Karriere oder die finanzielle Sicherheit seiner Familie gefährdeten.

»Ich finde, Humanmedizin ist nicht nur profitabler, sondern für das menschliche Wohlergehen auch viel wertvoller«, sagte er mit einer bewundernswerten Ruhe. »Erlauben Sie mir, Ihnen zu helfen, an die medizinische Fakultät zurückzukehren. Wenn wir unsere Karten richtig ausspielen, könnten Sie bereits nächste Woche wieder am College sein.«

Sie schüttelte lächelnd den Kopf. »Diese Ziegen bekommen alle in den kommenden sieben Tagen ihre Jungen«, sagte sie und deutete auf die Herde. »Ich habe mein Wort gegeben, ihnen dabei zu helfen.«

»Kann das nicht jemand anderes übernehmen? Was ist mit Ihrem Bruder?«

Sie rümpfte die Nase. »Emil hat bereits genug zu tun mit seinen eigenen Babys und seiner Frau, der es nicht sonderlich gut geht.«

»Dann lassen Sie mich jemanden aus der Stadt anheuern. Ein Ersatz für Sie könnte bereits morgen hier sein.«

Die Unbekümmertheit, mit der sie auf die andere Seite des Stalls ging und den rostigen Schwengel einer alten Wasserpumpe betätigte, um einen Eimer zu füllen, machte ihn nahezu wahnsinnig. »Ich möchte es lieber selbst machen. Ich habe es dem Bauern versprochen und es bereitet mit Freude, verstehen Sie?«

Er ballte die Fäuste. Dieser Frau schien alles zu gefallen, was *Freude bereitete*. Zum Beispiel sich auf Feuerwehrmänner einzulassen, die sie kaum kannte, und ein Studium aufs Spiel zu setzen, um in einem Stall Ziegen zu betreuen.

Er durfte nicht wütend werden, sondern musste den Grund für ihr Widerstreben erfahren, eine Lösung finden und sie in den Zug nach Philadelphia setzen. Ashton wollte sich nicht ausmalen, wie Nickolaas Vandermark reagieren würde, wenn er es nicht schaffte, Julia wieder an der medizinischen Fakultät einzuschreiben. Und er hatte gewiss nicht vor, es darauf ankommen zu lassen. Für einen kurzen Moment schloss er die Augen und atmete tief durch.

»Miss Broeder«, setzte er mit gefasster Stimme an. »Sie hatten drei Jahre lang erstklassige Noten. Als Sie letzte Woche in meiner Kanzlei auftauchten, haben Sie anklingen lassen, dass Sie in Philadelphia impulsiv gehandelt haben. Ich kann und möchte nicht glauben, dass Sie wegen dieser Entscheidung Ihre gesamten Berufspläne über den Haufen werfen. Erklären Sie mir, warum Sie nicht nach Philadelphia zurückwollen. Dann werde ich eine Lösung finden.«

Was auch immer sie brauchte, er würde ihr dazu verhelfen. Er würde helfen, die Ziegen auf die Welt zu bringen, eine Empfehlung von ihrem Kongressabgeordneten besorgen, eine Petition einreichen, die von jedem Vandermark im ganzen Land unterschrieben war. Was auch dafür nötig war, er würde alles tun.

Sie stand auf und blickte ihn unentschlossen an. Sie war schmutzig, einzelne Strähnen hatten sich aus ihrem schiefen Zopf gelöst und doch fand er sie unbeschreiblich attraktiv. Diese junge Frau krempelte im buchstäblichen Sinn die Ärmel hoch und packte jede Arbeit an, die ihr vor die Füße kam. Eine solche Furchtlosigkeit wirkte äußerst anziehend auf Ashton.

»Ich möchte diese Ziegen auf die Welt bringen«, antwortete sie ruhig. »Ich habe Mr Hofstad mein Wort gegeben und ich werde hier noch für mindestens eine Woche gebraucht. Wenn ich mein Wort nicht halten würde, könnte ich nicht mit gutem Gewissen schlafen.«

Das Meckern einer Ziege lenkte sie ab. »Oh, Zwillinge!«, sagte Julia und kletterte erneut über die Abtrennung, um neben der Ziege, die erst vor wenigen Minuten den jungen Ziegenbock zur Welt gebracht hatte, in die Hocke zu gehen. Ashton stellte sich zähneknirschend darauf ein, die Geburt eines weiteren Tieres abzuwarten, als sich die Situation abrupt änderte. Die Ziege, die er kurz zuvor gestreichelt hatte, war nun auf den Boden gesunken und schlug mit den Hufen um sich.

Julia bemerkte das ebenfalls und war einen Moment später bereits über die Abtrennung geklettert. »Diese Ziege bekommt ihr erstes Lamm. Es wird schwer für sie werden. Könnten Sie sich bitte um die Ziege kümmern, bei der ich soeben war? Die Entbindung wird problemlos ablaufen, da sie soeben erst ein Junges bekommen hat. Aber sie braucht trotzdem Hilfe. Bitte!«

Er schluckte schwer. Hatte er sich nicht soeben im Stillen vorgenommen, dass er ihr bei allem helfen würde, wonach sie verlangte? Julia war im Moment voll und ganz auf diese Ziegenherde fixiert. Sie wäre vermutlich zu nichts zu gebrauchen, wenn er sie von hier wegholte, solange sie mit dem Herzen noch in diesem Stall war. Wenn er sie überreden wollte, nach Philadelphia zu gehen, müsste er ihr also auf halbem Weg entgegenkommen.

Er schwang ein Bein über den Zaun, wie er es gerade bei ihr gesehen hatte, hielt aber inne, als sein Blick auf den Boden fiel. Dieser war mit Heu bedeckt, das mit Matsch und einer anderen Flüssigkeit, die er lieber nicht genauer untersuchen wollte, getränkt war. Seine auf Hochglanz polierten Schuhe aus importiertem italienischen Leder kosteten mehr, als die meisten Menschen in einem Monat verdienten. Vorsichtig setzte er einen Fuß auf den Boden und verzog das Gesicht, als er sein Gewicht darauf verlagerte und fühlte, wie er in dem matschigen Heu einsank. Ashton versuchte, das schmatzende Geräusch seiner Schuhe zu ignorieren, während er einige Schritte ging, bis er unbeholfen über der lammenden Ziege stand. Er wusste nicht, was er nun tun sollte.

»Nehmen Sie einfach ein Handtuch und stellen Sie sich darauf ein, das Junge aufzufangen, wenn es herauskommt«, rief ihm Julia hilfsbereit zu.

Er nahm ein Handtuch und klammerte sich daran, als hinge sein Leben davon ab. Er wollte lieber keinen zu genauen Blick auf das gespreizte Hinterteil der Ziege werfen, aber sie hatte den Schwanz gehoben und es war schwer, nicht hinzusehen. Er hätte seinen Mantel ausziehen sollen. Ihm war warm und dies würde eine schmutzige Angelegenheit werden, aber jetzt war es zu spät. Es ging viel schneller als beim ersten Lamm. Ashton konnte gerade noch rechtzeitig in die Hocke gehen, um die warme, neugeborene Ziege aufzufangen, die aus dem Geburtskanal in seine Hände glitt. Der Anwalt war so überwältigt, dass er nichts sagen konnte. Er bekam kaum Luft. Das Neugeborene war glitschig und zappelte. Es wand sich, schrie, glänzte ... und war erstaunlich lebendig, als es so in seinen Händen strampelte.

»Ich habe es geschafft!«, rief er ungläubig und beeilte sich, den Schleim aus dem Maul des Lamms zu wischen, das bereits schrie. »Ich habe es geschafft!«

»Das haben Sie wunderbar gemacht!«, kam ein lobender Ruf von der anderen Seite der Trennwand.

Er stellte das Neugeborene auf das Stroh und trat zurück, als die Ziege begann, ihr jüngstes Lamm abzulecken. Er wusste nicht, was er mit seinen schleimbedeckten Händen anstellen sollte, und hielt sie hoch, während er das neue Leben bestaunte, dem er soeben auf die Welt geholfen hatte. Im Laufe der Jahre hatte er als Anwalt viele Herausforderungen zu bestehen gehabt - er hatte Zugeständnisse für aufständische Tamilen auf den Teeplantagen in Ceylon ausgehandelt, Rattenbisse und Tod durch Ertrinken riskiert, um die Häfen zu kontrollieren, die von den Schiffen der Vandermarks angefahren wurden. Er hatte nächtelang durchgearbeitet und sich auf der Galerie der New Yorker Börse flach auf den Bauch gelegt. Heute hatte er eine Ziege zur Welt gebracht und seltsamerweise war dies befriedigender als alles andere gewesen.

Kapitel 6

Ashton hatte sich geschworen, Julia bei allem zu helfen und scheinbar bedeutete das auch, ihr dabei zu assistieren, eine ganze Ziegenherde auf die Welt zu bringen. Das würde eine schmutzige, unangenehme Woche werden, aber wenn er seine Stelle bei den Vandermarks behalten wollte, musste er Julia entgegenkommen, damit sie schlussendlich mit ihm kooperierte.

Nachdem er seine erste Ziege auf die Welt gebracht hatte, entledigte Ashton sich seines Mantels und seiner Weste, entfernte Taschenuhr und Kette, krempelte die Ärmel hoch und ging an die Arbeit. Für seine Schuhe kam jede Rettung zu spät. Sie fielen seinem

Plan als Kollateralschaden zum Opfer. Aber wenigstens würden diese Ziegen lernen, wie ein Mann mit Stil aussah.

Er kehrte kurz nach Dierenpark zurück, um dafür zu sorgen, dass alle Telegramme an seine Kanzlei in Manhattan und seinen Vater geschickt wurden. Sein Sekretär wusste, wo sich alle Akten befanden, und konnte sie während Ashtons Abwesenheit einem Anwaltskollegen übergeben. Das würde unter seinen Kollegen einen gewissen Unmut auslösen, aber es war allen bewusst, wie exzentrisch und anspruchsvoll Nickolaas Vandermark sein konnte. Seine unverständlichen und rätselhaften Bemühungen um die Familie Broeder bewiesen dies. War ein Mitglied dieser Familie zu dem alten Mann freundlich gewesen, als er als Kind auf Dierenpark gelebt hatte? Oder als der vierzehnjährige Nickolaas seinen Vater tot im Fluss gefunden hatte? Es war schwer nachzuvollziehen, was für ein Trauma dieses entsetzliche Erlebnis ausgelöst haben mochte. Es war zumindest so fatal gewesen, dass Nickolaas Vandermark nie nach Dierenpark zurückgekehrt war. Zu diesem traumatischen Ereignis war der fragwürdige Segen eines immensen Erbes gekommen. Damit war ein extravagantes Verhalten im Grunde unvermeidlich gewesen. Jedenfalls bedeutete es, dass Ashtons Arbeitsplatz in der nächsten Zeit der Ziegenstall sein würde. Wenn Julias Mission hier abgeschlossen war, würde er sie an die medizinische Fakultät zurückbringen.

In den kommenden Tagen kümmerte sich Julia um die Mutterziegen und half ihnen beim Ablammen, während Ashton Wasser schleppte, schmutziges Heu wegfuhr und frisches auf dem Stallboden auslegte. Er brachte den Ziegen Futter und schaufelte Dung. Ungefähr jede Stunde marschierte er in den großen Pferch mit den trächtigen Ziegen und hielt nach Anzeichen für beginnende Wehen Ausschau. Anfangs hatten die Ziegen für ihn alle gleich ausgesehen, aber Julia hatte ihn gelehrt, eine Anglo-Nubier-Ziege von einer Holländer Schecke und einer Toggenburger Ziege zu unterscheiden. Bald lernte er auch die Persönlichkeiten und Launen der einzelnen Tiere kennen. Besonders ihre Intelligenz bewiesen sie ihm.

Eine weiße Holländische Ziege mit großen Augen und aufmerksamen Ohren, die sich bei jedem Geräusch interessiert drehten, schien besonders neugierig zu sein. Sie wich nicht von seiner Seite, während er seinen stündlichen Rundgang machte. Erst als er nach seinem dritten Gang den Pferch verließ, bemerkte er, dass ebendieses Tier das Tor genauso öffnen konnte, wie er es getan hatte. Dieser Frechling hatte ihn ausspioniert! Das Tor stand offen und ein Dutzend Ziegen wanderten gemütlich über die Wiese. Es kostete ihn eine halbe Stunde, ehe er alle wieder zusammengetrieben und eingesperrt hatte, aber wenige Minuten später öffnete die Holländische Ziege das Tor erneut.

Als er Julia berichtete, was geschehen war, lachte sie und brachte den Übeltäter in einen anderen Pferch mit einem komplizierteren Riegelverschluss. »Davor hat mich Mr Hofstad bereits gewarnt«, sagte sie. »Versuchen Sie darauf zu achten, dass die Ziegen Sie bei nichts beobachten können, das sie nicht nachmachen sollen. Sie würden sogar lernen, diese Wasserpumpe zu bedienen, wenn sie an sie herankommen könnten.«

»Ich sollte ihnen zeigen, wie man ein Frühstück macht«, murrte Ashton, aber insgeheim stellte er staunend fest, dass ihm diese neugierigen, sanften Tiere immer mehr ans Herz wuchsen. Er opferte eine ganze Woche seines Lebens für diese Tiere und begann ihre Gesellschaft zu genießen.

Mr Hofstad kam hin und wieder vorbei, um zu sehen, wie sie vorankamen, und ihnen frische Kleidung zu bringen. Der alte Bauer sorgte dafür, dass sie reichlich zu essen hatten und ihre Laternen stets mit Petroleum gefüllt waren, aber die meiste Zeit waren Ashton und Julia mit den Ziegen allein.

Die Arbeit war schmutzig und anstrengend und schien nie enden zu wollen, aber er konnte sich an keine Zeit in seinem Leben erinnern, in der er je so viel Spaß gehabt hätte. Ziegen nahmen keine Rücksicht auf Feierabend und bekamen zu jeder Tages- und Nachtzeit Wehen. Julia schlief auf einem Feldbett im Ablammstall, aber Ashton blieb bei der Herde im anderen Stall. Zweimal wurde er mitten in der Nacht aus dem Schlaf gerissen, als eine Ziege in eine der Buchten gebracht werden musste.

Er schätzte, dass sie zwischen zehn und zwanzig Lämmer am Tag auf die Welt brachten. Auch wenn der Geburtsvorgang äußerst anstrengend war, lagen dazwischen häufig lange Phasen, in denen nichts zu erledigen war. Dann saßen er und Julia im Ablammstall auf dem Boden, lehnten sich an die Wand und unterhielten sich über alles, was ihnen einfiel, ob es Julias Wunsch war, die Mongolei zu sehen, oder seine Liebe zu Baseball.

»Baseball ist der perfekte Zuschauersport«, erklärte er ihr. »Mein Vater und ich suchen uns immer einen guten Platz auf der Tribüne. Die Spiele dauern so lange, dass wir viel Zeit haben, währenddessen über Gott und die Welt zu sprechen. Und dann kommt der Moment, wenn die Spieler sich aufstellen und ein guter Schläger an den Abschlagpunkt tritt. Es folgt dieses elektrisierende, unverwechselbare Geräusch, wenn der Holzschläger die Kugel trifft und sie weit durch die Luft fliegt. Das ganze Stadion steht auf und schreit sich die Kehle aus dem Leib, während die Männer um das Feld sprinten. Dann nehmen wir wieder Platz und mein Vater und ich setzen unser Gespräch dort fort, wo wir aufgehört haben.«

»Was ist mit deiner Mutter? Hat sie euch nie begleitet?«, fragte Julia.

Er seufzte. Seit er sich erinnern konnte, war die Gesundheit seiner Mutter sehr angeschlagen gewesen. Manchmal hatte sie wochenlang im Bett liegen müssen. Vielleicht war das einer der Gründe, warum er seinem Vater schon immer so nahegestanden hatte. »Ihr ging es nie so gut, dass sie so lange das Haus hätte verlassen können«, sagte Ashton, aber er bemühte sich, seine Familie nicht in einem negativen Licht darzustellen, denn er konnte sich keine besseren, liebevolleren und großzügigeren Eltern als seine vorstellen. »Meine Mutter konnte uns nicht zu den Spielen begleiten, aber sie wollte jedes Mal einen minutiösen Spielbericht, wenn wir zurückkamen. Ich glaube, dieser Bericht hat meinem Vater fast genauso viel Spaß bereitet wie das Spiel selbst.«

Er nahm einen Strohhalm und zerpflückte ihn zwischen seinen Fingern, während er die schönen Erinnerungen Revue passieren ließ, die für ihn immer ein Prüfstein gewesen waren. Sie hatten ein gutes Leben gehabt, auch wenn es nie perfekt gewesen war. Seine Familie war vor Arztrechnungen und Krankheit nicht verschont geblieben, aber das hatte ihre Freude und die Liebe zueinander nie trüben können. »Sie starb, als ich fünfzehn war. Seitdem sind nur noch mein Vater und ich übrig, aber wir gehen nach wie vor ins Stadion, wenn die Dodgers ein Heimspiel haben.«

Sie wohnten auch noch immer zusammen. Als Ashton genug Geld verdient hatte, um ihr Haus von der Bank zurückzukaufen, war er in die bescheidene Wohnung im achten Stockwerk hinaufgestiegen, in der sein Vater nach dem Verlust seines Hauses gewohnt hatte. Ashton hatte die Eigentumsurkunde für ihr altes Stadthaus in Brooklyn und daneben das Buch mit ihren Mietzahlungen für die Wohnung auf den Tisch gelegt.

»Wenn du willst, kannst du die Mietbelege verbrennen«, hatte er ruhig gesagt. »Wir brauchen sie nicht mehr.«

Sein Vater hatte keine Vorstellung davon gehabt, wie sehr Ashton hatte sparen müssen, um das Haus zurückzukaufen. Als er die Eigentumsurkunde in die Hand genommen und begriffen hatte, was er da in Händen hielt, waren seinem Vater Tränen in die Augen getreten. Er hatte mehrmals schlucken müssen, bevor er herausbrachte: »Mein Junge, ich danke dir.«

Diesen Dank hatte Ashton damals als unnötig empfunden - war doch sein Vater das wunderbare, großzügige Fundament seines Lebens. Sie hätten ihr Haus nicht verloren, wenn sein Vater keine Hypothek aufgenommen hätte, um Ashtons Studiengebühren zu bezahlen. So sprachen sie nie wieder darüber und zogen gemeinsam in das bescheidene Stadthaus, in dem sie stets so glücklich gewesen waren. Sie gingen immer noch gemeinsam zu Baseballspielen, sonntags in die Kirche und anschließend nach Chinatown, um gebratene Ente mit süß-saurem Gemüse zu genießen. Niemand konnte einen besseren Vater haben als er.

Zu Beginn seines Studiums hatte Ashton davon geträumt, einen Auslandsdienst anzutreten, um die Welt sehen zu können, auf der Seidenstraße zu reisen, auf den Meeren des Orients zu segeln und als Gesandter zu den alten Klöstern in Lhasa zu reiten.

Diese romantischen Kindheitsträume fanden ein Ende, als ihm bewusst wurde, dass es im Leben Wichtigeres gab. Zum Beispiel die Liebe zwischen Vater und Sohn. Oder die Pflicht, eine Schuld zurückzuzahlen, ein Fundament finanzieller Sicherheit aufzubauen und dafür zu sorgen, dass ihnen nie vor der nächsten Monatsmiete grauen müsste. Oder die Befriedigung, die eine gelungene Arbeit brachte.

Es war eine verantwortungsbewusste Entscheidung gewesen, die er nie bereut hatte. Und auch, wenn sich in ihm gelegentlich ein leichter Neid auf Julias Wunschträume geregt hatte, sobald er ihre Briefe las, hatte er sich doch stets auf die Schilderungen ihrer Träume vom Fernen Osten gefreut und ihr alles Gute gewünscht.

Es war seltsam, aber das einzige Thema, das er und Julia während ihrer stundenlangen Arbeit im Ziegenstall nie ansprachen, war ihre Rückkehr ans College. Jedes Mal, wenn Ashton das Thema anschnitt, lenkte sie seine Aufmerksamkeit auf ein Lamm, das Hilfe beim Trinken benötigte, oder auf einen aufzufüllenden Wassertrog oder auf eine andere der unzähligen kleinen und großen Aufgaben, die im Stall anfielen. Schließlich gab er es auf und ging schlichtweg davon aus, dass Julia bereit wäre, nach Philadelphia zurückzukehren, sobald die letzte Ziege ihr Junges bekommen hatte.

Wenigstens litten sie nie Hunger. Neben den Mahlzeiten, die Mr Hofstad ihnen brachte, kam einmal am Tag Sophie van Riijn mit einem großen Essenskorb von Dierenpark herüber. Wie hatte er jahrelang auf dieses Anwesen kommen können, ohne dass ihm diese attraktive Frau aufgefallen war? Als Sophie das erste Mal auftauchte und mit ihrem Korb auf der anderen Seite des weißen Holzzauns stand, blinzelte er mehrmals, um sich zu vergewissern, dass er sich diese engelhafte Erscheinung tatsächlich nicht einbildete.

»Das ist Sophie«, klärte ihn Julia auf und stellte geräuschvoll einen Eimer ab. »Du solltest lieber den Mund zumachen, wenn du nicht willst, dass Fliegen hineinfliegen.«

»Aber wer *ist* sie?«, fragte Ashton.

»Ihre Mutter war früher Köchin auf Dierenpark. Sophie ist jedoch keine Angestellte der Vandermarks. Deshalb bist du ihr vermutlich noch nie begegnet. Aber sie ist gerne hier und kommt immer wieder. Ehrlich gesagt glaube ich, dass sie sich hier oben versteckt. Sie trauert immer noch um ihren Verlobten. Du solltest also vielleicht eine halbe Stunde warten, bevor du versuchst, sie zu entführen.«

Er hätte schon taub sein müssen, um die Eifersucht in Julias Tonfall nicht herauszuhören. Aber das war lächerlich. Sophie war sehr hübsch, doch er hatte kein romantisches Interesse an ihr. So seltsam es womöglich auch war, interessierte ihn die Frau, mit der er jetzt einige Tage verbracht hatte. Die Frau mit Stroh in den Haaren, die dabei half, Zicklein auf die Welt zu bringen, und dabei so glücklich war.

Anfangs glaubte Julia nicht, dass Ashton für die gesamte Dauer der Ablammzeit bleiben würde, aber er schuftete, ohne sich zu beklagen, und half ihr vom frühen Morgen bis spät abends. Oft arbeitete er auch mitten in der Nacht, wenn ein Muttertier plötzlich Wehen bekam.

Wenn er im warmen Schein der Laterne neben ihr kniete, die Ärmel so weit hochgekrempelt, dass seine kräftigen Handgelenke und geschickten Hände zu sehen waren, erschien er ihr als der attraktivste Mann, dem sie je begegnet war. Hingegen - solange er noch der adrette Anwalt gewesen war, der ihr am Schreibtisch auf Dierenpark gegenübersaß, hatte sie ihn nie besonders anziehend gefunden. Aber seit er sich nicht mehr scheute, sich die Hände schmutzig zu machen, und bei den Geburten der Ziegen tatkräftig half, fand sie ihn unbeschreiblich interessant.

Sie kamen glänzend miteinander aus, lachten bei der Arbeit und plauderten in den Pausen gemütlich miteinander. Es gefiel ihr, ihn anzusehen. Ohne seinen gestärkten Kragen in einem aufgeknöpften Hemd, das seinen starken Nacken zeigte, sah er entspannt und glücklich aus. Zudem war er äußerst klug, witzig und hilfsbereit.

Die einzige dunkle Wolke am Horizont zog auf, wenn er sie überreden wollte, ans College zurückzukehren. Dieses Thema fand sie lästig und sie wünschte sich, er würde damit aufhören. Hatten sie nicht bereits genug zu tun, ohne sich auch noch den Kopf wegen Philadelphia zu zerbrechen?

Der Gedanke ans College quälte sie. Sie hatte Ashton nicht alles erzählt. Sie hatte die Brücken hinter sich verbrannt, als sie vor dem Kuratorium ihrer Frustration lautstark Luft gemacht hatte. Die Vorstellung, auf Knien angekrochen zu kommen und um Gnade zu betteln ... das schien ihr unmöglich. Vor Januar könnte sie sowieso nicht neu immatrikuliert werden und sie wollte im Moment nicht darüber sprechen.

Aber Ashton ließ nicht locker. Eines Nachmittags sprach er das Thema direkt an. Sie waren gerade damit beschäftigt, einen hölzernen Futtertrog zu reparieren, der wegen eines morschen Beines umgekippt war. Sie wussten beide nicht, wie man ihn wieder instand setzte, aber Julia ging davon aus, dass sich in Mr Hofstads rostigem, altem Werkzeugkasten alles finden würde, was sie benötigten. Wie schwer konnte es schon sein? Sie entdeckte einen neuen Holzklotz, den Ashton auf die richtige Größe zusägte. Dann drehten sie den Trog um und entfernten das morsche Holz.

»Das ist ein wenig wie eine Operation«, sagte Julia

und nickte befriedigt, als sie sah, wie perfekt das neue Bein passte. Vielleicht müsste sie trotzdem nicht ans College zurückgehen. Sie *musste* nicht Ärztin werden, um in ihrem Leben Erfüllung zu finden. Sie könnte mit Tieren arbeiten. Oder vielleicht Krankenschwester werden.

»Hast du dir schon Gedanken gemacht, wie du auf Dekanin Kreutzer zugehen willst?«, fragte Ashton, während er einen Nagel einschlug. »Du kennst sie besser als ich. Alles, was du mir über sie erzählst, kann mir helfen, deinen Fall vorzubereiten.«

»Wie du diesen Hammer schwingst, ist sehr beeindruckend«, antwortete sie ausweichend. »Ich würde ja vermuten, dass du solche Arbeiten früher schon gemacht hast, wenn du nicht neulich diese kanariengelbe Weste getragen hättest. Normalerweise hat ein Mann, der sich in knallgelber Kleidung wohlfühlt, keine Vorstellung davon, wie man mit Werkzeug umgeht.«

»Die Dekanin?«, ließ er nicht locker. »Wie lauteten ihre konkreten Kritikpunkte bei dem Vorfall mit dem Hund?«

»Ich habe überlegt, dass es Nickolaas Vandermark vielleicht gar nicht stört, wenn ich nicht an die medizinische Fakultät zurückkehre.«

»Das kannst du dir aus dem Kopf schlagen.« Ashton ließ den Hammer sinken. Er setzte sich zurück und schaute sie direkt an. »Er will, dass du dein Medizinstudium abschließt, und ich beabsichtige, alles dafür zu tun, damit dies auch geschieht. Selbst wenn ich an die Tür jeder medizinischen Fakultät an der Ostküste klopfen muss.«

»Ich denke, Mr Vandermark will, dass ich glücklich bin. Dabei ist es gleichgültig, ob ich Ärztin werde oder nicht.«

»Du kennst Nickolaas Vandermark tatsächlich nicht«, sagte er mit warnendem Unterton.

»Ich weiß, dass er ein anständiger, fürsorglicher Mann ist. Fast jeden Monat hat er mir Pakete und kleine Geschenke ans College geschickt. Und ich weiß, dass er die Briefe liest, die ich ihm schicke, denn als ich in einem Semester erwähnte, dass wir mit Zahnmedizin anfangen würden, schickte er mir ein ledernes Kästchen mit Dentalinstrumenten. Als ich erwähnte, dass ich als Kind die Geschichten von Marco Polo gelesen habe und hoffe, dass ich eines Tages die Mongolei sehen würde, hat er mir ein Aquarell des Sommerpalastes von Kublai Khan in Shangdu geschickt. Es war wunderschön. Und es beweist, dass er nicht so herzlos ist, wie du denkst.«

Verlegen wandte Ashton den Blick ab. »Diese Geschenke habe ich dir geschickt.«

Er sprach so leise, dass sie nicht sicher war, ob sie ihn richtig verstanden hatte, aber der Blick, mit dem er sie bedachte, bestätigte, dass sie sich nicht verhört hatte. Sie erstarrte und versuchte, diese neue Information zu verarbeiten, während Ashton sie mit seinen blauen Augen vorsichtig anschaute. Er wirkte unsicher und verwundbar. Plötzlich ergab alles einen Sinn. Sein Wissen über China und Tibet. Seine Leidenschaft für asiatisches Essen. Selbst seine Westen, die mit chinesischen Symbolen bestickt waren.

»Warum hast du das getan?«, fragte sie schließlich.

»Weil ich dich bewundert habe«, antwortete er einfach. Sein Gesicht errötete. Er wandte sich ab, nahm den Hammer und schlug den nächsten Nagel in das Bein des umgekippten Trogs.

Sie blinzelte verwirrt. »Aber du hast nie etwas gesagt. In den ganzen Jahren, in denen du auf Dierenpark warst, hast du nie ein Wort erwähnt.«

Er schaute sie nicht an, während er das Werkzeug in den Kasten zurückräumte. »Es ist üblich, dass Mr Vandermark seinen Geschäftspartnern und den wohltätigen Organisationen, die er unterstützt, Geschenke und Souvenirs von seinen Reisen schickt. Diese Transaktionen erledige normalerweise ich. Natürlich war er damit einverstanden, dass ich dir hin und wieder etwas schicke. Aber als ich die Dankbriefe las, die du ihm geschrieben hast, wollte ich mehr für dich tun. Ich habe weiterhin seinen Unterschriftenstempel benutzt, weil ich es für besser hielt, dich nicht wissen zu lassen, dass die Sachen von mir kamen. Du teilst meine Liebe zum Fernen Osten und ich wollte dir etwas Nettes schicken.«

»Ich hatte keine Ahnung ...« Ihr Herz zog sich zusammen. Niemand hatte sich je so sehr um sie oder ihr Wohlergehen bemüht. Das trieb ihr Tränen in die Augen. Er hatte in den letzten drei Jahren diese freundlichen, einfühlsamen Dinge für sie getan und nie einen Dank erwartet. Am liebsten hätte sie sich in seine Arme geworfen und sein Gesicht mit Küssen bedeckt, aber sie blieb wie angewurzelt sitzen, erstaunt über die starken Gefühle, die sie plötzlich überrollten.

Jetzt, da Ashton zu sprechen begonnen hatte, war es, als wären die Schleusen geöffnet worden. »Meine Mutter war während meiner Kindheit immer krank«, sagte er. »Sie und mein Vater waren meine ganze Welt. Sie hatte oft Krampfanfälle und das war entsetzlich. Ich wollte helfen, aber mein Vater schickte mich jedes Mal aus dem Zimmer. Ich konnte nichts für sie tun und ich vermute, dass sie mich schützen wollten.«

Er wandte sich ihr zu. »Als ich dann in mein Zimmer ging, fand ich Trost darin, in die Welt von Marco Polo einzutauchen. Dort fand ich keine sterbenskranke Mutter. Keinen Vater, der mit den Tränen kämpfte, während er zusehen musste, wie seine Frau Jahr für Jahr schwächer wurde. Stattdessen fand ich Abenteuer und Entdeckungen, alte Klöster und die duftenden Gärten von Kublai Khan und Berggipfel, die so hoch waren, dass sie den Himmel zu berühren schienen.«

Die Wehmut verschwand aus seinem Gesicht, als er sich zu ihr umdrehte und sie direkt ansah. »Mein Vater trauert immer noch um meine Mutter. Ich bin alles, was ihm geblieben ist, und ich kann ihn nach allem, was wir gemeinsam durchgemacht haben, nicht im Stich lassen. Ich werde nie nach China oder in ein anderes Land in Asien fahren. Aber als ich deine Briefe gelesen habe, hat mich das an die Sehnsucht, die mich früher so häufig getröstet hat, erinnert. Julia, ich will, dass du deine Träume wahrmachst. Ich will, dass du über das Chinesische Meer fährst, Yakmilch trinkst und den Tönen der Bambusflöte lauschst, wenn du nachts einschläfst. Ich werde alles dafür tun, damit du dorthin kommst.«

Bei seinen Worten schlug ihr Herz höher. All ihre Kindheitsträume erwachten. Es schien ihr, als könne sie den kühlen Wind der eurasischen Steppe im Gesicht fühlen. Sie hatte nie zuvor einen Menschen getroffen, der diese Träume verstand, aber Ashton tat es.

Es würde ihr wehtun, wenn diese Woche zu Ende

ging. Er wäre ein so guter Freund. Sie spürte, dass er sogar noch viel mehr sein könnte, aber auf solch gefährliche Gefühle durfte sie sich nicht einlassen. Frauen, die sich für das Leben einer Missionsärztin entschieden, waren selten verheiratet. Als sie die Berufung zu einer Arbeit im Ausland angenommen hatte, hatte sie gewusst, was das bedeutete: Sie würde wahrscheinlich für den Rest ihres Lebens unverheiratet bleiben.

Aber als sie nun Ashton anschaute, der so attraktiv und aufrichtig auf dem Boden des Ziegenstalls saß, regte sich in ihr eine starke Sehnsucht nach mehr. Eine Sehnsucht nach *ihm*.

»Wusstest du, dass Ärztinnen, die Missionare werden, fast immer unverheiratet sind?«, platzte es aus ihr heraus.

Diese Frage schien ihn zu überraschen, aber er erholte sich schnell von seinem Schreck. »Darüber habe ich mir nie Gedanken gemacht.«

»Ich halte es für seltsam ... nein, ich finde es *unfair*, dass von uns erwartet wird, in die Welt hinauszuziehen, ohne zu wissen, was wir verpassen.«

Er zog eine Braue hoch. »Was ist mit diesem Feuerwehrmann in Philadelphia? Du scheinst dich mit ihm recht gut verstanden zu haben.«

In seinen Worten schwang eine leichte Eifersucht

mit. Das schmeichelte ihr. »Ross McKinney hatte einen schönen Schlitten, den ich mir gerne auslieh, aber mehr wollte ich nie von ihm.«

Sie wollte Ashton Carlyle. Seine anständige Art und seine Intelligenz faszinierten sie. Auch seine Bereitschaft, die Ärmel hochzukrempeln und Herausforderungen mit Humor und Abenteuergeist anzugehen. Sie beugte sich vor und näherte ihr Gesicht dem seinen. Das Aufflackern in seinen Augen ließ ihr Herz höherschlagen.

»Du weißt, dass ich New York nicht verlassen kann«, sagte er. »Egal, wohin dich deine Abenteuer führen, ich werde bei meinem Vater in New York bleiben.«

»Ich weiß«, flüsterte sie. Sie bewunderte seine großherzige, liebevolle Beziehung zu seinem Vater. Er war ein tugendhafter Mann, der sich um seine Familie kümmerte. Das machte ihn nur noch attraktiver.

Sie sah unwillkürlich auf seine Lippen, doch dann wurde ihr Blick von seinen Augen in den Bann gezogen. Ashton näherte sich ihrem Gesicht, nahm sie in seine Arme und küsste sie sanft. Der Kuss wurde schnell intensiver, bis sich beide atemlos wieder voneinander lösten.

»Das ist vermutlich eine schlechte Idee«, flüsterte Ashton nahe an ihren Lippen, lächelte aber dabei.

»Es ist eine *wunderbare* Idee. So wunderbar, dass du es gleich noch einmal tun solltest.«

Nur zu gerne kam er ihrer Aufforderung nach, aber dieser Kuss fiel deutlich kürzer aus. Das unablässige Meckern einer Toggenburger Ziege erinnerte sie daran, dass sie immer noch rund zwei Dutzend Ziegen beim Ablammen helfen mussten. Aber während sie an diesem Tag sechs Lämmern auf die Welt halfen, lachten sie und küssten sich, als gäbe es nur sie beide und diesen Ziegenstall in einem abgelegenen Dorf mitten im Bundesstaat New York.

Kapitel 7

Der Mond stand hoch am Himmel und die Nacht war so kalt, dass sie ihren Atem in der Luft sehen konnte. Am Himmel waren Tausende von Lichtern zu sehen und sie liebte es, zum funkelnden Sternenzelt hinaufzuschauen. Obwohl sie müde war, wollte sie noch nicht schlafen gehen. Stattdessen setzte sie sich ein paar Meter vom Stall entfernt auf die Bank. Nahe genug, um zu hören, wenn eine Ziege Wehen bekam, aber dennoch weit genug weg, um die frische Luft zu genießen. Von hier aus konnte sie Ashton sehen, der noch im Stall arbeitete. Eine einzige Petroleumlaterne tauchte die Hütte in einen warmen Schein und schien die Ziegen zu beruhigen. Es war so kalt, dass er seine gelbe Weste und sein Jackett trug, während er in seinen italienischen Lederschuhen die Wassertröge auffüllte. Sie sollte ihm eigentlich helfen, war aber zu erschöpft. Im Grunde gefiel es ihr auch, ihm zuzusehen. Wie viele Männer konnten schon an einem Tag internationale Verträge aushandeln und am nächsten Zicklein auf die Welt bringen?

Er machte sich großartig. Seit er eingewilligt hatte, ihr beim Ablammen zu helfen, hatte er sich nicht ein Mal beklagt und sie bildeten ein gutes Team. Aber ihr Abenteuer neigte sich dem Ende zu. Lediglich sieben Ziegen hatten ihre Lämmer noch nicht auf die Welt gebracht. Danach müsste sie sich entscheiden, was sie mit dem Rest ihres Lebens anfangen wollte.

Ein dumpfes Geräusch ertönte aus dem Stall, als Ashton den Wassereimer neben die Pumpe stellte und dann in ihre Richtung kam. Sie konnte nur seine Umrisse sehen, als er über den Hof ging. In der Ferne zirpten Grillen und es erschien ihr das Natürlichste auf der Welt zu sein, als er sich zu ihr auf die Bank setzte. Er blickte ebenfalls zum Himmel hinauf.

»Manchmal kann man sich kaum vorstellen, dass dies dieselben Sterne und derselbe Mond sind, die man in China sieht«, sagte er mit wehmütiger Stimme.

Wer hätte gedacht, dass in Dierenparks sauber herausgeputztem Anwalt Ashton Carlyle ein romantischer Abenteurer steckte?

»Eines Tages werde ich dort sein«, sagte sie. »Ich weiß nicht wie. Aber ich weiß, dass ich nicht dazu bestimmt bin, den Rest meines Lebens hier zu verbringen.«

Er beugte sich seufzend vor und stützte die Unterarme auf seine Knie. »Wozu bist du dann bestimmt, wenn nicht dazu, dein Medizinstudium abzuschließen?«

»Fang bitte nicht schon wieder damit an.« Es gab nicht viele Dinge, vor denen ihr graute, aber die Vorstellung, mit einem eleganten Anwalt an ihrer Seite nach Philadelphia zurückzufahren und trotz seiner Hilfe nicht wieder aufgenommen zu werden, brachte sie nachts um den Schlaf. Wenn sie versagte, wollte sie dabei zumindest keine Zuschauer haben.

»Ich bin mir gar nicht mehr so sicher, ob ich tatsächlich dazu bestimmt bin, Medizin zu studieren«, wich sie seiner Frage aus.

»Was hält dich zurück?«, ließ Ashton nicht locker. »Und behaupte nicht, dass du Tierärztin werden willst. Es werden keine Missionare nach Übersee ausgesandt, um Tiere zu behandeln. Wenn du Missionsärztin werden willst, benötigst du ein abgeschlossenes Medizinstudium.«

Sie rutschte unruhig auf ihrer Bank herum. »Ich habe dir nicht alles erzählt, was bei meiner Anhörung vor dem Kuratorium geschehen ist«, gestand sie.

Ashton erstarrte merklich. »Und das wäre?«, murmelte er fast bedrohlich. Als sie zögerte, mäßigte er seinen einschüchternden Tonfall und fügte ruhiger hinzu: »Als Anwalt unterliege ich der Schweigepflicht. Ich verspreche dir, dass ich es keiner Menschenseele verrate, aber ich muss wirklich alles wissen.«

Auf der Holzbank neben dem Ziegenstall gestand sie Ashton, was sie an jenem furchtbaren Tag von sich gegeben hatte. Sie war ins Besprechungszimmer geholt worden, um eine kurze Aussage zu machen und Fragen, die ihr die Mitglieder des Kuratoriums stellten, zu beantworten. Sie hatte sich bemüht, ihr Handeln zu erklären, aber Dekanin Kreutzer hatte nicht das geringste Mitgefühl gezeigt und Julia stattdessen mit strenger Miene getadelt, weil sie ohne Aufsicht ein lebendes Tier behandelt und die Hündin dann auch noch gestohlen hatte. Julia hatte gewusst, dass es falsch gewesen war, in den Operationssaal einzubrechen, aber es war richtig gewesen, die Hündin aus der Stadt zu bringen. Sie hatte die Dekanin eine herzlose, grausame Frau genannt, die den Titel »Doktor« nicht verdiente, wenn sie befürwortete, dass das arme Tier Ross McKinney und seinen Freunden, die

Hundekämpfe durchführten, zurückgegeben werden sollte. Dekanin Kreutzer, die sich so sehr dafür eingesetzt hatte, Frauen das Medizinstudium zu ermöglichen, war während Julias Beleidigungen ganz bleich geworden. Das gesamte Kuratorium hatte im Raum gesessen und zu Julias völligem Unverständnis hatten alle einstimmig den Standpunkt der Dekanin unterstützt. Wie konnten Männer und Frauen, die sich der Medizin verschrieben hatten, so herzlos sein?

Sie hatte am Ende des Besprechungstisches gestanden und ihren kleinen Finger hochgehalten. »Ich habe in diesem kleinen Finger mehr Mut als Sie alle zusammen«, hatte sie gesagt.

Ashtons Augen weiteten sich, aber er verurteilte sie nicht, sondern wartete nur schweigend, bis sie ihre Geschichte zu Ende erzählt hatte.

»Danach lief es nicht sehr gut«, gestand sie. »Sie forderten mich auf, den Raum zu verlassen, während sie sich berieten. Keine fünf Minuten später hatten sie entschieden, dass ich für ihr College nicht geeignet bin.«

Sie schämte sich und ihr war das Ganze äußerst unangenehm. Dass sie die Hündin gerettet hatte, bereute sie jedoch nicht. Aber Dekanin Kreutzer hatte Julias kindischen Gefühlsausbruch nicht verdient. Julia hatte Angst gehabt und unter großem Druck gestanden, aber Ärzte mussten lernen, ihre Gefühle zu beherrschen, und das war Julia nicht gelungen.

»Wenn ich es mir recht überlege, will ich eigentlich nicht zurückgehen und diesen Leuten unter die Augen treten«, sagte sie.

Ashton schmunzelte. »Das kann ich mir denken.«

Sie schaute ihn hoffnungsvoll an. »Du verstehst mich also?«

»Ich verstehe dich. Aber du musst es nichtsdestotrotz tun. Wenn du dich kindisch und unbeherrscht verhalten hast, musst du zurückgehen und die Verantwortung dafür übernehmen. Das zeugt mehr von Reife, als dich in einem Ziegenstall zu verkriechen.«

Ihr Blick wanderte zum Stall, wo sich die Geräusche der Ziegen mit dem Zirpen der Grillen und dem gelegentlichen Meckern eines Lamms vermischten. Hier fühlte sie sich sicher und sie hatte jeden Moment der letzten Woche mit Ashton genossen. Dieser Ziegenstall war nach dem Druck und der Enttäuschung in Philadelphia ein Zufluchtsort für sie gewesen.

In ihrem Herzen wusste sie, dass Ashton recht hatte. Aber im Moment wollte sie jeden Augenblick genießen und in sich aufnehmen, denn ihr war bewusst, dass sie das unbeschwerte Glück dieser Woche ihr Leben lang nicht vergessen würde.

Alle Muttertiere hatten abgelammt. In den vergangenen zwei Wochen hatte Julia geholfen, über hundert Lämmer zur Welt zu bringen. Sie hatte nur drei kleine Zicklein verloren, die sie nicht zum Atmen hatte bringen können. Ihre Arbeit auf dem Hof war damit beendet. Sie und Ashton gingen mit Mr Hofstad über das Gelände und besahen sich die Tiere.

Der alte Bauer trug den Arm immer noch in einer Schlinge, aber er schien sich über seine Ziegenherde zu freuen. Sie war nicht sicher, was er auf Niederländisch erzählte, aber aus der Herzlichkeit in seiner Stimme schloss Julia, dass es etwas Gutes sein musste.

Claudias Morgenübelkeit war nicht mehr so schlimm, weshalb sie die drei begleitete, während einer ihrer Söhne an ihrer Schulter schlummerte. Sie bemühte sich, Mr Hofstads Worte zu übersetzen.

»Mr Hofstad sagt, dass ihr sehr gute Arbeit geleistet habt«, erklärte ihnen Claudia. »Er bietet jedem von euch an, sich ein Lamm auszusuchen, wenn ihr eine Ziege halten wollt.«

Ashton spuckte vor Schreck den Apfelmost aus, den er gerade aus seiner Feldflasche getrunken hatte. Er hustete, aber Julia sah ihm an, dass er ein Lachen verbarg, während er sich mit dem Handrücken den Mund abwischte.

»Hier gibt es eine sehr schlaue weiße Holländische Ziege«, sagte er. »Sie könnte meinem Vater bestimmt bei seiner Baseballstatistik helfen.«

Claudia übersetzte seine Worte und Mr Hofstad marschierte auf den Stall mit den Holländischen Ziegen zu. Ashton hielt ihn schnell auf und versuchte, ihm zu erklären, dass das nur ein Scherz gewesen war.

Julia stichelte: »Komm schon! Du weißt, dass du sie vermissen wirst, sobald du wieder in der Stadt bist.«

»Ich werde *dich* vermissen und ich werde Sophies Kochkünste vermissen. Aber einer Ziege, die meine Schnürsenkel löst, in meinen Taschen herumschnüffelt und die gelernt hat, jeden Riegel auf diesem Gelände zu öffnen, werde ich sicherlich nicht nachweinen. Ab sofort ist sie ganz offiziell wieder Mr Hofstads Problem.«

Das alles sagte er mit einem Lächeln. Julia hing an seinen Lippen. Selbst wenn er verärgert war, konnte Ashton seinen Sinn für Humor nicht verbergen. Das fand sie faszinierend, reizvoll und ärgerlich zugleich. Sie wünschte, sie könnte ihre Gedanken daran hindern, solche Wege einzuschlagen.

Aber vor allem hoffte sie, Mr Hofstad würde eine

andere Arbeit finden, die dringend auf seinem Hof verrichtet werden musste. Sie wollte nicht, dass ihre Zeit hier bereits endete. Denn das bedeutete, dass sie sich Philadelphia und Dekanin Kreutzer stellen müsste. Es hieß, der reellen Möglichkeit ins Auge zu blicken, dass ihre Medizinlaufbahn tatsächlich vorbei sein könnte.

Und es bedeutete, dass sie sich für immer von Ashton Carlyle verabschieden müsste. Er würde in seine Kanzlei in Manhattan zurückkehren und diese Woche im Ziegenstall mit dem Mädchen vom Land, das nie in seine Welt passen würde, schnell vergessen. Und falls sie tatsächlich Missionsärztin werden würde, ginge sie bereits im nächsten Jahr auf ein Schiff und segelte dem Sonnenaufgang entgegen, bis sie schließlich in Asien ankäme. Ashton würde in New York bleiben, in seiner Kanzlei in einem Wolkenkratzer arbeiten, in seinem gemütlichen Stadthaus wohnen und mit seinem Vater zu Baseballspielen gehen. Sie würde ihn nie wiedersehen.

Allein die Vorstellung war äußerst schmerzhaft. Sie verdrängte diese Gedanken und schaute den alten Ziegenbauern an.

»Sind Sie sicher, dass ich nicht helfen kann, die Zicklein abzustillen?«, fragte sie Mr Hofstad. Das war bestimmt viel Arbeit und es würde ihr ganz gewiss nichts ausmachen, noch ein paar Wochen länger hier im Dorf zu bleiben. Claudia übersetzte ihre Frage, aber der alte Bauer schüttelte den Kopf und ließ einen Schwall beschwichtigender Worte los.

Ashton durchschaute sie sofort. »Vielleicht könntest du ihm anbieten, seinen Stall zu streichen? Oder einen neuen Pferch zu bauen? Und bei der Frühjahrsaussaat zu helfen? Wenn du es richtig anstellst, kannst du im nächsten November zum Ablammen immer noch hier sein.«

»Ich versuche nur zu helfen«, verteidigte sie sich.

Sein Blick wurde weicher. »Ich weiß, dass du sehr hilfsbereit bist. Du gibst bei allem dein Bestes, selbst wenn das bedeutet, dass du auf einer Ziegenfarm arbeitest, obwohl du eigentlich dein Medizinstudium abschließen solltest. Du bist motiviert und mutig. Du bist manchmal hart im Nehmen, manchmal hast du Angst, doch ich glaube an dich, Julia. Du bist nicht dazu bestimmt, den Rest deines Lebens auf einer Ziegenfarm zu verbringen.«

Er hatte recht. Aber die Vorstellung, nach Philadelphia zurückzufahren, jagte ihr dennoch Angst ein, denn sie hatte nie gelernt, bei etwas zu scheitern. Leider war die Wahrscheinlichkeit sehr groß, dass ihr Antrag auf Wiederaufnahme am College abgewiesen werden würde.

Sie wusste nicht, was sie mit dem Rest ihres Lebens anfangen sollte, falls diese Tür endgültig zugeschlagen wurde.

❧

Ashton lief auf das Herrenhaus zu. Die viel zu weite Kleidung, die er sich von dem Bauern geliehen hatte, flatterte im kalten Novemberwind. Gestern hatte Sophie angeboten, den schlimmsten Ziegenschmutz aus seinem maßgeschneiderten Anzug zu waschen. Dieser war wahrscheinlich dennoch vollkommen ruiniert, aber er hatte für die morgige Zugfahrt zurück in die Stadt nichts anderes anzuziehen.

Außerdem vermutete er, dass inzwischen eine Antwort auf das Telegramm eingetroffen war, das er vor zwei Tagen aufgegeben hatte. Er wollte es prüfen, ohne dass ihm Julia dabei über die Schulter blickte. Da ihr Bruder nicht sonderlich gut lesen konnte, hatte Ashton Emil mit seiner eilig geschriebenen Nachricht bedenkenlos ins Dorf schicken können. Er brauchte Antworten und hier auf Dierenpark würde er sie nicht finden.

Er ging weiter zum Herrenhaus, dessen grob behauene Granitblöcke hinter der Biegung der knorrigen alten Wacholderbäume zum Vorschein kamen. Jedes

Mal, wenn er nach Dierenpark kam, stellte er sich die gleiche Frage: Warum hielten die Vandermarks an diesem prunkvollen alten Anwesen fest, wenn sie nicht die Absicht hegten, je hierher zurückzukehren? Allein die jährlichen Grundsteuern verschlangen ein Vermögen. Zusätzlich musste das Personal bezahlt werden, das dafür sorgte, dass der Inhalt des Hauses nicht geplündert wurde. Es war allgemein bekannt, dass vor vielen Jahrzehnten bei der Eile, dieses Grundstück zu verlassen, ein Vermögen an Kunst, Silber und Schmuck im Haus zurückgeblieben war. Nichts davon wurde seither angerührt. Es war, als wäre die Zeit stehen geblieben.

Er stieg die abgetretenen Steinstufen hinauf, die zu einem überdachten Säulengang führten, und klopfte an die kunstvolle Holztür mit Bronzeintarsien. Es würde ihn nicht wundern, wenn in einem Schloss in Europa just diese Haustür fehlte.

Sophie öffnete ihm. Mit ihrem blonden Haar, das sie in einem Zopf über der Schulter trug, und ihren amüsiert funkelnden Augen sah sie so hübsch aus wie immer.

»Sie sehen aus wie ein richtiger Bauer«, sagte sie mit einem Blick auf seine selbst gesponnene Arbeitshose, die von Hosenträgern gehalten wurde.

»Und Sie sehen aus wie die Frau, die meine Gebete

erhört und einen frisch gewaschenen und gepressten Anzug für mich hat.«

Sie lachte fröhlich. Selbst ihr Lachen hatte eine musikalische Melodie, die rein und hübsch klang. »Kommen Sie bitte mit. Florence hat bei Ihrem Anzug ein wahres Wunder vollbracht, aber die Seidenweste war leider einfach nicht mehr zu retten. Ach, und heute Morgen ist ein Telegramm für Sie angekommen.«

Es lag auf dem Mahagonitisch in der Eingangshalle. Ashton steckte es in seine Tasche, da er es nicht vor Julias bester Freundin lesen wollte. »Danke«, sagte er. »Mein Anzug?«

Er folgte Sophie in den hinteren Teil des Hauses, vorbei an gotischen Bögen und holzgetäfelten Wänden, bis sie im ältesten Teil des Hauses ankamen, in einem heimeligen Raum, der mit der niedrigen Holzdecke, den schlichten Stühlen und Tischen seinen holländischen Ursprung im siebzehnten Jahrhundert widerspiegelte. Eine Reihe von rautenförmig verglasten Fenstern zeigte auf den Fluss hinaus, aber Ashton konnte an nichts anderes denken als an den köstlichen Duft, der aus der angrenzenden Küche drang. Das Wasser lief ihm im Mund zusammen.

»Wonach riecht es hier?«, fragte er. »Und bitte sagen Sie, dass Sie so viel gemacht haben, dass ich etwas davon abbekomme. Sonst breche ich vor Hunger womöglich zusammen.«

»Das sind holländische *gevulde koeken,* Mandelkekse.«

»Sie riechen himmlisch.«

Sie lachte wieder. »Sie sind aus frischer Butter, Zucker, gemahlenen Mandeln und ein wenig Vanille gemacht und ich gebe gern einen Klecks selbst gemachter Himbeermarmelade dazu. Möchten Sie einen?«

»Sophie, ich weiß nicht, ob es Ihnen bereits aufgefallen ist, aber ich verzehre mich förmlich nach einem dieser Kekse.«

Er folgte ihr in die Küche und stellte erstaunt fest, dass der Arbeitstisch über und über mit Keksen bedeckt war. Florence Hengeveld, die schon als Haushälterin auf Dierenpark gearbeitet hatte, als Ashton noch gar nicht geboren war, packte das Gebäck in kleine, braune Tüten.

»Versorgen Sie eine ganze Armee?«, fragte er. Auf diesem Tisch lagen sicher mehrere Hundert Kekstüten.

»Gelegentlich verpflegen wir Reisende, die auf den Dampfschiffen den Fluss heraufkommen«, bemerkte Sophie beiläufig. Diese Bemerkung war sonderbar, aber er hatte keine Zeit, sich darüber den Kopf zu zerbrechen, nachdem er seinen ersten Bissen von den *gevulde koeken* gekostet hatte und von der Explosion des warmen, köstlichen Geschmacks in seinem Mund ganz abgelenkt war.

Da er eine ganze Woche von Sophie mit Essen versorgt worden war, das sie in ihrem Korb in den Ziegenstall gebracht hatte, wusste er, dass sie eine hervorragende Köchin war. Aber diese Kekse übertrafen alles, was er bisher gegessen hatte.

Er war jedoch nicht hier, um Sophies Backkünste zu loben, sondern um seinen Anzug zu holen. Die Haushälterin brachte ihm seine frisch gereinigte Kleidung. Wie Sophie angekündigt hatte, war seine Seidenweste verknittert und ruiniert, aber sein Anzug sah sauber aus und, was noch wichtiger war: Er stank nicht mehr nach Ziegenstall.

Mit der sauberen Kleidung über dem Arm schlenderte er in die Bibliothek, zog das Telegramm aus seiner Tasche und riss es mit ungeduldigen Fingern auf. Er trat ans Fenster und hielt das Blatt Papier ans Licht, um es zu lesen.

Ein früherer Kommilitone von ihm war Chefanwalt eines Krankenhauses in Philadelphia und kannte die medizinische Fakultät für Frauen am College von Pennsylvania. Sein Freund bestätigte ihm, dass Dekanin Kreutzer eine anständige Frau war und auf einen strengen moralischen Verhaltenskodex bestand. Sie ließ mit sich reden, aber ethische Werte waren ihr äußerst wichtig.

Dieses Telegramm bestätigte, was er bereits vermutet hatte: Sie könnten diesen Kampf gewinnen. Eine starke Befriedigung erfüllte ihn. Er war zwar zunächst nur auf Nickolaas Vandermarks Anweisung hin nach Dierenpark gekommen, aber im Laufe dieser Woche war es ihm immer wichtiger geworden, dass Julia ihre Träume nicht wegwarf. Dieses Telegramm enthielt alle Hintergrundinformationen, die er brauchte, damit Julia wieder würde studieren können.

Eine leise Stimme in ihm – eine kleine, egoistische Stimme – wollte sie in New York behalten. Doch wenn er ihr half, wieder ans College zu gehen, würde sie in naher Zukunft an Bord eines Schiffes steigen und auf die andere Seite der Erde reisen. Er würde sie nie wiedersehen und das wäre ...

Darüber wollte er gar nicht nachdenken. Er hoffte, sie würde ihm weiterhin Briefe schreiben. Ashton selbst würde zwar nie die großen Sehenswürdigkeiten Asiens mit eigenen Augen sehen, aber Julia würde den Fernen Osten bereisen. Wenn er durch ihre Augen einen Blick auf die ferne, weite, wunderbare Welt werfen könnte, wäre das genug.

Er legte das Telegramm auf den Schreibtisch und

zog seine bäuerliche Kleidung aus. Es war an der Zeit, in seine gewohnte Welt zurückzukehren. Die mit Satin gesäumte Hose mit den sauber verarbeiteten Knopflöchern passte wie angegossen. Das frisch gestärkte Hemd roch immer noch ein wenig nach Seife und er fühlte sich allmählich wieder wie er selbst. Ashton steckte seine Manschettenknöpfe aus Onyx an und strich über sein frisch rasiertes Kinn, um sich zu vergewissern, dass er keine Stelle übersehen hatte.

Dieses kurze, zauberhafte Zwischenspiel auf Dierenpark neigte sich dem Ende zu.

Sophie bestand darauf, das Ende der Ablammzeit mit einem großen Festessen zu feiern. Es sollte auf Dierenparks prachtvoller Schieferterrasse mit Blick über den Fluss stattfinden. Sophie versprach, Ziegenkäse-Küchlein mit Muschelsuppe, Austern und Apfelkuchen zuzubereiten.

Als die Sonne unterging, half Julia Sophie, die mit Essen beladenen Tabletts nach draußen zu tragen. Kerzen wurden angezündet, Emil holte die alte Gitarre seines Vaters heraus und die Atmosphäre war von Lachen und Feiern erfüllt. Mr Hofstad und seine Frau kamen und auch die Handvoll Dienstboten, die auf Dierenpark alles in Ordnung hielten. Sie blieben noch lange, nachdem sie das köstliche Essen genossen hatten, um sich zu unterhalten und ausgelassen zu feiern, während der Mond hoch am Himmel stand und Emil Gitarre spielte.

Julia trat ans hintere Ende der Terrasse. Dort beugte sie sich über das Geländer, um das Mondlicht zu betrachten, das sich auf dem Fluss spiegelte. Sie hatte den Mut aufgebracht, in eine fremde Stadt zu ziehen und dort am College zu studieren. In ihrer Zeit in Philadelphia hatte sie ihre erste bezahlte Arbeit in einer Apotheke bekommen, drei Jahre Medizin studiert und eine Hündin vor wütenden Feuerwehrmännern gerettet. Sie hatte sogar drei vollständige Autopsien durchgeführt. Aber nichts schüchterte sie so sehr ein wie die Vorstellung, Dekanin Kreutzer unter die Augen treten zu müssen und mit ihrer Bitte, wieder am College aufgenommen zu werden, möglicherweise kläglich zu scheitern.

Sie hörte das Rascheln von Stoff und sah, dass Ashton zu ihr ans Geländer trat. Er roch nach Pinienseife, sah ordentlich und gepflegt aus und hatte sich von Kopf bis Fuß wieder ganz in den geschniegelten Anwalt aus Manhattan verwandelt.

»Du siehst sehr gut aus«, sagte sie und versuchte, eine gewisse Leichtigkeit in ihren Tonfall zu legen.

»Diese kleine weiße Holländische Ziege würde dich nicht wiedererkennen.«

Er hob einen Mundwinkel zu einem leichten Lächeln, das aber schnell wieder verschwand. »Ich plane, morgen früh um sieben Uhr zum Bahnhof aufzubrechen. Ich gehe davon aus, dass du mich begleitest.«

Sie wandte sich ab. Er sollte nicht sehen, dass sie am liebsten kneifen würde. »Ich weiß nicht …« Ihre Stimme versagte, denn sie konnte ihm keine andere Erklärung geben, als dass sie müde war und Angst hatte.

»Weiche mir jetzt nicht aus«, sagte er ernst.

Sie seufzte. »Ich weiß immer noch nicht, ob das der richtige Weg für mich ist. Wenn du gesehen hättest, wie mich Dekanin Kreutzer angesehen hat …«

Seine Hand legte sich auf ihre. Diese Berührung wirkte warm und beruhigend in der kühlen Nachtluft. »Das ist deine erste Prüfung«, sagte er mit stiller Überzeugung. »Angesichts des Weges, den du eingeschlagen hast, wirst du dich noch weiteren Herausforderungen stellen müssen. Es werden Zeiten kommen, in denen du dich ausgelaugt und niedergeschlagen fühlen wirst, in denen du anfangen wirst, an dir zu zweifeln. Doch ich habe noch nie einen Menschen gesehen, der mit so viel Leidenschaft einen Traum verfolgt hat wie du. Gib jetzt nicht auf, Julia! Du hast dich für einen steinigen und mutigen Weg entschieden. Und auch, wenn es manchmal schwer, anstrengend und Furcht einflößend werden kann, wirst du dort, wohin du gehst, die Welt verändern. Menschen werden geheilt und inspiriert werden, weil du in ihr Leben trittst. Gib jetzt nicht auf.«

Noch nie hatte jemand so sehr an sie geglaubt. Das war beschämend und rührte sie an. Julia drehte ihre Handfläche nach oben, um seine Hand zu drücken. Ashton erwiderte ihren Händedruck.

»Bist du morgen früh am Bahnhof?«, fragte er sie hoffnungsvoll.

Sie atmete tief ein. »Ich werde da sein.«

Kapitel 8

Das Konferenzzimmer der medizinischen Fakultät für Frauen am College von Pennsylvania sah noch genauso aus, wie Julia es in Erinnerung hatte: holzgetäfelte Wände und Fenster, die von schweren, rostbraunen Vorhängen gesäumt waren. Julia und Ashton saßen an einem Ende des langen Tisches, der sich quer durch den Raum zog, Dekanin Kreutzer am anderen. Die Dekanin trug ihr stahlgraues Haar in einem Knoten und ihr hoher Spitzenkragen verlieh ihr ein steifes und strenges Aussehen. Diese Beschreibung passte auch perfekt auf ihre Persönlichkeit. Auf beiden Seiten des Tisches saßen die Männer und Frauen, die das Kuratorium des Colleges bildeten: reiche Philanthropen, anerkannte Ärzte, Kirchenvorstände und Collegeprofessoren. Nicht die geringste Spur von Humor war in ihren Gesichtern zu erkennen.

Ashton hatte Julia gebeten, zu schweigen und ihm den größten Teil des Redens zu überlassen.

»Miss Broeders akademische Leistungen sprechen für sich«, sagte er nun an die Versammelten gewandt. »Sie bringt die akademischen Voraussetzungen mit, um dieses Studium mit Bravour abzuschließen. Und was noch wichtiger ist: Sie hat das Herz und den Mut, auf dem herausfordernden Gebiet der Medizin zu arbeiten. Ihr College hat die ehrbare Tradition, Missionsärzte in die Welt auszusenden. Miss Broeder möchte sich ihren Reihen gern anschließen. Für eine solche Berufung sind Menschen mit außergewöhnlicher Leidenschaft und Mut nötig und ich glaube, Miss Broeder bringt diese Eigenschaften mit.«

»Eine solche Berufung erfordert aber auch Weisheit und Selbstbeherrschung«, sagte Dekanin Kreutzer mit schmalen Lippen. »In diesem Bereich weist Miss Broeder deutliche Mängel auf.«

Julia schluckte schwer und verkrampfte die Hände um ihren Stuhl. Auch wenn das, was die Dekanin sagte, stimmte, war es dennoch schwer, stumm dabeizusitzen, während andere über ihr Schicksal entschieden. Aber sie befolgte Ashtons Rat und blieb still.

»Selbstbeherrschung kommt mit dem Alter und der Reife«, entgegnete Ashton. »Miss Broeder hat bei dem fraglichen Vorfall einen Mangel an beidem bewiesen und sie ist bereit, das einzugestehen.«

Dekanin Kreutzer schaute sie durchdringend an. »Nun, Miss Broeder? Bereuen Sie, was Sie getan haben?«

Sie warf einen Blick auf Ashton, der sie mit einem fast unmerklichen Nicken aufforderte zu sprechen. Ihre Knie waren ganz schwach, als sie aufstand. Sie stützte die Hände auf die Tischplatte, um zu verhindern, dass ihre Beine zitterten. Keines der Kuratoriumsmitglieder zeigte auch nur das geringste Mitgefühl. Vor diesen Menschen hatte sie arrogant ihren kleinen Finger gehoben und behauptet, sie hätte in diesem Finger mehr Mut als sie alle zusammen. Julia konnte also keine Anteilnahme von ihnen erwarten.

»Ich bereue, dass ich den Mut der Kuratoriumsmitglieder angezweifelt habe«, begann sie. »Ich kenne keinen von Ihnen persönlich und hatte kein Recht, Ihren Charakter herabzuwürdigen. Aber es wäre gelogen, wenn ich behaupten würde, dass ich es bedaure, diese Hündin gerettet zu haben.« Sie schaute Dekanin Kreutzer direkt an. »Ich wünschte, ich hätte einen Weg gefunden, der weder gegen menschliche Gesetze noch gegen mein Gewissen verstößt, aber die Situation war ...«

Ashton berührte ihre Hand und zog sie auf ihren Stuhl zurück. Das verhieß nichts Gutes. Vermutlich hatte sie soeben ihre Chancen endgültig vertan, weil sie wieder einmal zu viel gesagt hatte.

»Wie wir uns sicher alle einig sind«, fuhr Ashton diplomatisch fort, »hat Miss Broeder den bewundernswerten Wunsch, Leiden zu lindern, sei es bei einem Tier oder einem Menschen. Ich möchte das Kuratorium bitten, die Eigenschaften Intelligenz, Mitgefühl und die Fähigkeiten, die eine erfolgreiche Missionsärztin benötigt, als Kriterien für ihre Entscheidung heranzuziehen. So unkonventionell ihr Handeln auch war, hat Miss Broeders beherztes Eingreifen für den Hund dennoch bewiesen, dass sie schnell reagieren kann. Damit hat sie dieses Tier letztendlich gerettet. Solche Wesensmerkmale kommen einer Missionsärztin sehr zugute.«

»Und was hat Miss Broeder aus dieser Erfahrung gelernt?«, fragte die Dekanin an Julia gerichtet. Sie würde also selbst antworten müssen und konnte sich nicht hinter Ashtons Redegewandtheit verstecken.

»Ich habe gelernt, wie wichtig ein guter Anwalt ist«, sagte Julia trocken.

Ashton räusperte sich neben ihr und ein leises Lachen ertönte von einigen Kuratoriumsmitgliedern, das jedoch schnell verstummte, als ihnen Dekanin Kreutzer einen strengen Blick zuwarf.

»Und wenn Sie keinen guten Anwalt haben, wenn Sie mit dem Sultan von Oman verhandeln? Oder mit dem Stammesfürsten eines bengalischen Dorfes? Als Missionarin werden Sie Menschen unterschiedlichster Herkunft und mit völlig fremden Ansichten begegnen. Einige dieser Ansichten werden Sie abstoßend finden. Trotzdem sind dies die Menschen, denen Sie dienen sollen. Wie werden Sie sich unter solchen herausfordernden Umständen verhalten?«

Die Dekanin wollte also keine oberflächlichen Antworten oder hitzigen Tiraden hören. Kreutzer hatte treffend dargelegt, wie nötig ein kühler Kopf war, wenn sie in eine Welt, die andere Normen und Bräuche hatte, hinausziehen würde.

In der vergangenen Woche hatte Ashton sein gewohntes Leben in New York verlassen, um mit ihr in einem Ziegenstall zu arbeiten. Diese Tätigkeit hatte ihm nicht gefallen, aber er hatte die Situation mit Geduld und Humor gemeistert. Er hatte gelernt, sich angepasst und somit letztendlich sein Ziel erreicht.

»Ich bin dabei zu lernen, geduldiger zu sein«, begann sie schließlich. »Ein chinesisches Sprichwort besagt, dass die besten Kämpfer nie wütend werden. Ich werde lernen, meine Impulsivität und mein Temperament zu zügeln. Ich kann nicht sagen, dass ich es bereue, den Hund gerettet zu haben. Aber ich wünschte, ich hätte meinen Ärger besser kontrollieren können und nicht die Menschen beleidigt, die vermutlich meine stärksten Verbündeten waren.«

Zaghaft sah sie jedem einzelnen Kuratoriumsmitglied am Tisch in die Augen. Sie alle waren fortschrittlich denkende Menschen, die an die Ausbildung von Frauen glaubten, die ihr Leben der Fürsorge für Kranke und Arme widmeten. Sie verdienten es nicht, von ihr so unhöflich behandelt zu werden, nur weil sie sich nicht hinter eine impulsive junge Frau gestellt hatten, die mehr Mut als Weisheit besaß.

»Ich weiß, dass ich von jeder Person in diesem Raum noch reichlich lernen kann.« Sie schaute Dekanin Kreutzer direkt an. »Und ich hoffe aufrichtig, dass ich die Gelegenheit dafür erhalte und an diese Fakultät zurückkehren darf.«

Dieses Mal fühlte es sich anders an, als Julia aufgefordert wurde, hinauszugehen und auf die Entscheidung zu warten. Besonders, weil Ashton neben ihr auf der harten Bank saß. Der Flur war schmal und ungemütlich und bei der Auswahl dieser Bank war mehr Wert auf Schönheit als auf Bequemlichkeit gelegt worden. Wer hielt Mahagoniholzverzierungen an einer Rückenlehne für eine gute Idee? Sie bohrten sich in ihre Wirbelsäule und trugen dazu bei, dass diese wenigen Minuten noch unangenehmer wurden.

Sie warf einen Blick auf Ashton, der aussah, als fühle er sich genauso unwohl wie sie. Das Warten war die reinste Tortur und sie brauchte eine Ablenkung, um ihre innere Spannung, die sich immer mehr steigerte, abzubauen.

»Wurdest du als Junge je ausgeschimpft?«, fragte sie. »Komm schon, lass hören! Ich wette, du hast mindestens ein Mal in deinem Leben unüberlegt gehandelt oder warst unordentlich.«

»Ich muss dich leider enttäuschen, ich war das perfekte Kind.«

Sie schmunzelte. »Und was würde dein Vater dazu sagen?«

»Selbstverständlich würde er mir zustimmen«, sagte er lässig, aber seine Mundwinkel zuckten verräterisch.

Sie verdrehte die Augen. Jemand wie Ashton Carlyle hatte vermutlich bereits als Kleinkind Anzug und Krawatte getragen, während sie mit Emil Matschkuchen gebacken hatte.

Die Tür zum Konferenzraum öffnete sich und die

Dekanin trat heraus. Ihre kalte, strenge Miene verriet nichts über das Ergebnis der Entscheidung. Julia stand auf. Ihr Mund fühlte sich trocken an und das Herz drohte ihr aus der Brust zu springen.

»Das Kuratorium hat entschieden«, sagte Dekanin Kreutzer. »Wir sind zu dem Schluss gekommen, dass es Situationen gibt, in denen die menschlichen Gesetze und das Mitgefühl für andere Lebewesen im Konflikt zueinander stehen können. Wir glauben, dass Sie in dieser Hinsicht sensibler geworden sind und die Voraussetzungen für eine ausgezeichnete Missionsärztin mitbringen. Willkommen zurück an der medizinischen Fakultät.«

Julia jubelte laut vor Erleichterung und machte einen Luftsprung. Ashton fing sie auf, stieß ebenfalls einen Freudenruf aus und wirbelte sie um sich herum.

Der Moment, sich von Ashton zu verabschieden, war gekommen. Die Dekanin wollte sie bereits morgen früh wieder im Unterricht sehen. Julia hatte also keine Zeit, nach Dierenpark zurückzufahren. Ashton bot ihr an, sie zu einem nahe gelegenen Geschäft zu begleiten, wo sie ein Telegramm nach Hause senden und Emil bitten konnte, ihre Sachen ans College zu schicken.

Der Geruch von Menthol und Tabak begrüßte sie beim Eintreten. Während Ashton dem Telegrafen die Nachricht diktierte, betrachtete Julia die ausgestellten Seifen auf der Glasplatte. Die meisten waren in Papierschachteln oder Blechdosen mit kunstvollen Illustrationen verpackt, die den Duft der Seife darstellten, wie Jasmin oder Rosen. Andere Bilder zeigten den Hauptbestandteil der Seife: Bienenwachs, Rosenöl oder Sahne. Schließlich erregte eine größere Dose, auf deren Deckel eine ländliche Szene gemalt war, ihre Aufmerksamkeit. Bei näherer Betrachtung stellte Julia lächelnd fest, dass eine weiße Ziege darauf zu sehen war, die unter klarem blauen Himmel auf einer grünen Wiese stand. Sie öffnete den Blechdeckel und fuhr mit dem Finger über das milchige, glatte Seifenstück. Freudig lief Julia mit der Dose zur Kasse, bezahlte und stecke sie in ihre Jackentasche, bevor sie zu Ashton vor die Tür trat.

»Die Straßenbahnhaltestelle ist an der Ecke da vorne«, sagte er und deutete in die betreffende Richtung. Mit sehr langsamen, kleinen Schritten liefen sie los. Sie wussten beide, dass sie in wenigen Minuten für immer voneinander Abschied nehmen müssten. Julia würde in Philadelphia bleiben, während Ashton mit der Straßenbahn zum Bahnhof fahren und am Nachmittag nach New York zurückkehren würde. Ihnen blieben nur noch wenige Momente, bevor jeder in sein normales Leben zurückkehren würde.

An der Straßenecke herrschte starkes Gedränge. Ein Verkäufer pries seine Brezeln an, ein Junge bot Zeitungen feil und eine Gruppe Schulkinder stürmte laut rufend durch die Straße.

Julia tastete in ihrer Jackentasche nach der Seifendose. Nach den vielen einzigartigen, wunderbaren Geschenken, die Ashton ihr im Laufe der Jahre geschickt hatte, erschien ein Stück Seife recht schlicht, aber sie konnte den Gedanken nicht ertragen, dass Ashton in der riesigen Großstadt untertauchte und ihre zauberhafte Woche im Ziegenstall vergessen würde.

»Für dich«, sagte sie und drückte ihm die Dose in die Hand. »Eine Ziegenmilch-Seife als Erinnerung an unsere gemeinsame Zeit.«

Seine Augen wurden weich. »Diese Woche würde ich auch ohne Erinnerungsstück nie vergessen, aber danke.« Seine Stimme war vor Gefühlsregung ganz rau. Er steckte die Dose in seine Manteltasche und ergriff dann ihre Hände. »Ich hoffe, du wirst mir weiterhin schreiben. Ich kann dir gar nicht sagen, wie viel mir deine Briefe immer bedeutet haben.«

»Das werde ich«, versicherte sie ihm.

Die Straßenbahn rollte bereits auf sie zu.

Ashton drehte sich zu ihr herum. Eine tiefe Sehnsucht sprach aus seinem attraktiven Gesicht. »Das war es also.«

»Ich werde dich nie vergessen.«

Er zog Julia in seine Arme und küsste sie. Einige der Schulkinder johlten, aber das war ihr gleichgültig. Es war vermutlich das letzte Mal in ihrem Leben, dass sie einen Mann küsste, und sie wollte jede einzelne Sekunde davon genießen. Sie klammerte sich an ihn und versuchte, sich diesen Moment fest einzuprägen. Von diesem Kuss müsste Julia für den Rest ihres Lebens zehren.

Die Straßenbahn blieb stehen und sie hörte, wie die Tür aufging. Ashton schaute zu ihr hinab. Liebe und Wehmut sprachen aus seinen Augen. »Ich wünschte, es wäre anders gekommen«, sagte er.

Sie schüttelte den Kopf. »Ich nicht. Die Tage, die wir gemeinsam verbracht haben, waren wundervoll. Einfach wundervoll.«

Er nickte. Dann stieg er in die Straßenbahn und verschwand für immer aus ihrem Leben.

Kapitel 9

Mai 1898

Ashton betrachtete den Berg an Gegenständen, die sich auf dem Küchentisch häuften, und überlegte, wie er das alles in einem einzigen Karton unterbringen sollte.

»Was ist das?«, fragte sein Vater, hob eine braune Flasche hoch und hielt sie, in dem vergeblichen Versuch, ihren Inhalt erkennen zu können, vor das Fenster.

»Das ist eine Mischung aus Zitronen- und Eukalyptusöl«, antwortete Ashton. »Wenn man es auf die Handgelenke tupft, soll es als Insektenschutzmittel wirken.«

»Sehr raffiniert.« Sein Vater stellte die Flasche wieder neben den weitkrempigen Hut und den Regenschutz. Verglichen mit den einfallsreichen Geschenken, die Ashton Julia im Laufe der vergangenen Jahre geschickt hatte, war diese letzte Schachtel traurig nüchtern, gefüllt mit praktischen Dingen, die eine Frau bei sich haben sollte, wenn sie sich in einen Bergurwald vorwagte. Aus Julias letztem Brief wusste er, dass sie eine Stelle in Malaysia, einer britischen Kolonie im Südchinesischen Meer, angenommen hatte. Eine anglikanische Missionsgesellschaft errichtete auf den malaysischen Inseln mehrere Kliniken und freute sich darauf, dass Julia ihr Mitarbeiterteam verstärkte. Sie würde bereits eine Woche nach ihrer Abschlussfeier aufbrechen.

Natürlich hatte sie ihn zu den Festlichkeiten eingeladen. Sie und ihre dreiundzwanzig Kommilitoninnen würden in zwei Wochen ihre Zeugnisse überreicht bekommen. Ashton würde ihr ein Geschenk schicken, konnte sich aber nicht überwinden, persönlich an der Feier teilzunehmen.

Eine saubere Trennung war sicher am besten. Vermutlich würde er für den Rest seines Lebens aus weiter Ferne von den Abenteuern der Dr. Julia Broeder träumen.

»Wickle das Eukalyptusöl zum Schutz in das Moskitonetz«, schlug sein Vater vor. »Wenn diese Flasche zerbricht, stinkt das ganze Paket.«

Lächelnd faltete Ashton das Moskitonetz in drei Teile und rollte die Ölflasche darin ein. Sein Vater hatte keine Vorstellung davon, was *stinken* tatsächlich bedeutete, da er keine Woche in einem Ziegenstall gelebt hatte. Er benutzte ein weiteres Moskitonetz, um den Boden der Schachtel auszupolstern. Dann legte er den Kompass, die Bibel in drei Sprachen sowie den Hut, der zum leichten Transport gefaltet und zusammengerollt werden konnte, hinein. Sein Vater half, die Schachtel zu packen, aber Ashton wandte sich ab, um das persönliche Geschenk vorzubereiten, das sein Vater nicht sehen sollte.

Er hatte seine Landkarte von den Reisen des Marco Polo erst an diesem Morgen von seiner Bürowand genommen. Seit Jahren hatte sie neben Bildern von den Vandermark'schen Besitztümern auf der ganzen Welt gehangen. An einer Wand mit teuren Radierungen, die ein Millionär in Auftrag gegeben hatte, war Ashtons einziges persönliches Bild diese bescheidene Karte aus einem Buch gewesen, das er als Junge so geliebt und ihm stets Trost gespendet hatte.

Doch nun brauchte er diese Karte nicht mehr. Sie war für alle Zeit in seine Seele eingebrannt und ihm gefiel der Gedanke, dass Julia sie bei sich trug, wenn sie in die weite Welt hinauszog.

Er schob die Karte in ein Holzrohr. Das leise Rascheln, das dabei erklang, wurde beinahe durch den Großstadtlärm, der durch das offene Küchenfenster hereindrang, übertönt. Mädchen spielten lachend und plappernd in einer Gasse ein Hüpfspiel, ein Straßenverkäufer bot laut deutsche Würste feil, unablässig klapperten Pferdehufe oder knarrten Wagenräder auf der Straße. Doch die Berge von Malaysia waren eine völlig andere Welt. Er legte das Rohr mit der Karte ganz nach unten in die Schachtel, sodass sein Vater es nicht entdecken würde. Doch diese Mühe hätte er sich sparen können.

»Warum schenkst du ihr deine Marco-Polo-Karte?«, fragte sein Vater ruhig.

Ashtons Schultern sackten nach unten. Er wollte vor seinem Vater nichts verheimlichen, aber dieses Thema war so schmerzhaft, dass er nicht darüber sprechen mochte. »Ohne triftigen Grund. Es ist nur ein Geschenk für ihre Reise.«

Sein Vater holte das Holzrohr aus der Schachtel, zog die Landkarte heraus und rollte sie auseinander. Die Ränder waren schon abgegriffen und ihre verblichenen Linien waren ihm ebenso vertraut wie sein eigenes Gesicht.

»Ich erinnere mich noch gut, wie du mit diesem Buch über Marco Polo in deinem Zimmer verschwunden bist«, sagte sein Vater. »Es hat mich bedrückt, dass du ein Einzelkind warst und dich in Bücher flüchten musstest, weil du keinen Bruder und keine Schwester zum Spielen hattest. Besonders, nachdem deine Mutter so krank wurde, habe ich gewünscht, du hättest jemanden ...«

»Vater, mir hat nichts gefehlt.«

Aus den Augen seines Vaters blitzte ein Funken Humor auf. »Wahrscheinlich war es ein Segen, nur ein Kind zu haben. Dadurch blieb ich vor der Sünde bewahrt, eines mehr zu mögen als das andere«, sagte er mit einem Augenzwinkern. »Willst du ihr diese Schachtel persönlich übergeben? Miss Julia würde sich bestimmt freuen, wenn du an ihrer Abschlussfeier teilnimmst.«

»Nein, mein Leben ist in New York.« Ashton rollte die Karte wieder zusammen und steckte die Röhre in die Schachtel.

»Ashton, ich weiß, wie viel dir diese Landkarte bedeutet«, sagte sein Vater nun wieder mit ernster Stimme. »Sie verkörpert alle deine Kindheitshoffnungen und Träume. Wenn du sie einer Frau schenkst, bedeutet das, dass diese Frau dir sehr wichtig sein muss. Du würdest die Karte nie leichtfertig weggeben.«

Ashton konnte seinem Vater nicht widersprechen, selbst wenn er mit diesem Geschenk keine bestimmten Absichten verfolgte. Julia war, im Gegensatz zu ihm, frei von allen Verpflichtungen und konnte ihr Leben so gestalten, wie es ihr gefiel.

»Ich glaube nicht, dass Julia den Rest ihres Lebens in Übersee verbringen wird.« Diese Worte sprudelten plötzlich aus ihm heraus, ohne dass er es verhindern konnte. »Vielleicht kommt sie in zehn oder zwanzig Jahren zurück. Dann könnten wir uns vielleicht ein gemeinsames Leben aufbauen. Ich kann jetzt nicht nach Malaysia gehen.«

Sein Vater trat ans offene Küchenfenster und sah hinaus. »Ich war vielleicht nicht der beste Buchhalter oder der perfekte Ehemann, aber ich bin mir ziemlich sicher, dass ich meinen Sohn ganz gut erzogen habe. Vor allem wollte ich, dass du ein starkes Fundament aus Glauben und Klugheit entwickelst. Aber ich habe auch gehofft, du könntest deine Träume verfolgen. Ich habe gehofft, du würdest eines Tages ein guter Ehemann und Vater werden. Ich wollte, dass du geradlinig und stark genug bist, um den Stürmen zu trotzen, die im Leben eines jeden Menschen unausweichlich auftreten.« Er drehte sich zu Ashton herum und schaute ihn mit einem wehmütigen Lächeln an. »Nach allem, was wir beide durchgestanden haben, wäre es eine

Schande, wenn mein Sohn keine anderen Ziele hätte, als seinen alten Vater zu pflegen.«

Ashton wippte auf seinen Fersen vor und zurück. »So sehe ich es nicht.«

»Ashton, die Jahre vergehen viel zu schnell. Das ist dir wahrscheinlich noch nicht bewusst. Warte nicht zehn oder zwanzig Jahre, bis diese junge Frau zurückkommt. Glaube mir: Ich komme auch ohne dich zurecht. Ich bin achtundfünfzig und habe mehr Freunde als die meisten Männer in meinem Alter. Mit den Männern aus meinem Gesangs-Quartett treffe ich mich dreimal in der Woche. Und zweimal in der Woche spiele ich Gin Rommé.«

»Aber du hast nur einen einzigen Sohn.«

»Ja, und ich habe ihn dazu erzogen, dass er seinen Wünschen nachstrebt.« Tränen traten in die Augen seines Vaters, aber er lächelte. »Geh und hol dir dieses Mädchen, solange ihr beide noch jung seid. Glaube mir, du wirst es nie bereuen.«

Ashton wandte sich ab und stützte sich auf die Rückenlehne des Küchenstuhls. Damit hatte er nicht gerechnet. Er drückte die Augen zu. Falls er je daran gezweifelt haben sollte, dass er von einem brillanten, freundlichen und großzügigen Mann aufgezogen worden war, wurden diese Zweifel damit ein für alle Mal zerstreut. Ein bittersüßer Schmerz regte sich in seiner

Brust. Es war der glücklichste und zugleich der traurigste Moment seines Lebens. Er wusste nicht, wie es weitergehen würde, aber er hatte den Segen seines Vaters, der wollte, dass er seinem Herzen folgte.

Auf Ashtons Telegramm hin marschierte Nickolaas Vandermark am folgenden Nachmittag mit einem kleinen Jungen an seiner Seite in sein Büro.

»Guten Morgen, Mr Carlyle!«, begrüßte ihn Nickolaas Vandermark mit überraschend viel Energie in der Stimme. Seit Ashtons Triumph bei den Guttapercha-Verträgen im letzten Herbst stand Ashtons Ansehen in der Firma recht weit oben. Sein Erfolg, Julia wieder ans College zu bringen, hatte diese Position gefestigt. Das bedeutete jedoch nicht, dass der Vandermark-Patriarch seine kühne Bitte bewilligen würde, aber zumindest befand er sich in einer guten Verhandlungsposition.

»Kennen Sie schon Pieter, meinen Urenkel?«, fragte Mr Vandermark. Der Junge war vermutlich acht oder neun Jahre alt und sah ungewöhnlich blass, kränklich und traurig aus. »Steh gerade und begrüße Mr Carlyle!«, wies ihn sein Urgroßvater an.

Der Junge kam dieser Aufforderung mit unverhohlener Angst nach. Mr Vandermark sprach weiter: »Pieter und ich fahren nach England, um Stonehenge zu sehen. Das wird sicher spannend, nicht wahr?« Er klopfte dem Jungen auf die Schulter.

Dieser murmelte etwas, das so leise war, dass Ashton es nicht verstehen konnte, und schien noch mehr in sich zusammenzusacken. Ashton vermutete, dass es grundsätzlich mit gewissen Problemen und Verpflichtungen verbunden war, in eine Familie mit einem so großen Vermögen hineingeboren zu werden. Aber das alleine konnte nicht Pieters verängstigtes Wesen erklären. Er konnte sich nur schwer vorstellen, dass ein so scheuer Junge später einmal das Kommando über das riesige Vandermark'sche Schifffahrtsunternehmen führen würde. Vielleicht nahm ihn der alte Mr Vandermark aus diesem Grund bei seinen Weltreisen unter seine Fittiche.

»Wir sind möglicherweise mehrere Monate unterwegs«, fuhr Mr Vandermark fort. »Während meiner Abwesenheit laufen alle Geschäfte über meinen Enkel. Sie haben seine Adresse und Telegrafencodes in Deutschland.«

Ashton hatte Mühe, keine Miene zu verziehen. Quentin Vandermark hatte den Ruf, noch weniger umgänglich zu sein als sein Großvater. »Natürlich, Sir.«

»Was meinten Sie mit dem neuen Vorschlag, den Sie mir unterbreiten wollen?«, fragte Mr Vandermark.

Ashton kam um den Schreibtisch herum und stellte sich vor die Wand mit den Bildern von den Vandermark'schen Besitztümern. Sie reichten von Ceylon in Indien über Kapstadt in Afrika bis hin zu verstreuten Inseln im gesamten malaysischen Reich.

»Das Guttapercha-Geschäft, das ich im letzten Herbst abschloss, war nur möglich, weil ich mich immer für das Leben im Fernen Osten interessiert habe. Ich wusste, dass die Kautschukplantagen auf der gesamten Welt immer mehr Probleme hatten, aber ich war überzeugt, dass die Plantagen der Vandermarks von einer Verlagerung unseres Geschäfts auf Guttapercha profitieren würden. Dieser Plan ging auf.«

Ein neugieriges Funkeln sprach aus den Augen des alten Mannes. »Und?«

»Ich würde gern eine aktivere Rolle bei Ihren Geschäften in Übersee übernehmen. In einem Büro in Manhattan sind mir Grenzen gesetzt. Ich würde gern Übersee-Manager der Vandermark'schen Liegenschaften in Asien und Afrika mit Stützpunkt in Kuala Lumpur in Malaysia werden.«

Dieser Vorschlag überraschte Nickolaas Vandermark sichtlich. »*Waren* Sie schon einmal in Malaysia?«, fragte er. »Es ist heiß, stinkend und das Grab des weißen Mannes. Ich konnte bisher mit keinem Geld der Welt jemanden dazu bewegen, dorthin zu gehen.«

Ashtons Herz schlug schneller. »Ich würde nach Malaysia gehen«, sagte er. Zum ersten Mal, seit er in der Firma war, kamen er und Nickolaas Vandermark zu einer schnellen, für beide Seiten befriedigenden Einigung.

Julia ließ ihren Blick über die Menschen im Auditorium schweifen, konnte aber ihren Bruder und Claudia nicht unter den Gästen entdecken. Emil hatte ihr geschrieben, dass sie es wahrscheinlich nicht schaffen würden, an ihrer Abschlussfeier teilzunehmen. Claudia war hochschwanger, und da die Zwillinge noch nicht einmal ein Jahr alt waren, wäre es sehr anstrengend für sie, nach Philadelphia zu reisen. Sie hatte nicht wirklich mit ihnen gerechnet, aber es wäre schön gewesen, bei der Feier nicht vollkommen auf sich alleine gestellt zu sein. Alle anderen Studentinnen hatten Eltern, Geschwister oder Freunde, die sie unterstützten, wenn sie auf die Bühne traten und von Dekanin Kreutzer Zeugnis und Urkunde überreicht bekamen.

Aber davon würde sie sich nicht aufhalten lassen. Julia warf die Schultern zurück und rückte den eckigen Hut auf ihrem Kopf zurecht, dessen Seidenquasten neben ihrer Wange baumelten. Ihr Traum wurde tatsächlich wahr. Die Gärtnerstochter aus einem Dorf auf dem Lande, das so klein war, dass es sich kaum auf einer Landkarte finden ließ, dürfte in wenigen Sekunden offiziell die Berufsbezeichnung Ärztin tragen.

Ihre schwarze Robe raschelte, als sie über die Bühne ging. Julia lächelte übers ganze Gesicht und konnte es immer noch kaum glauben, dass dieser Tag endlich gekommen war. Selbst Dekanin Kreutzers gewöhnlich ernste Miene erhellte sich ein wenig, als sie Julias rechte Hand schüttelte und die Urkunde in ihre linke drückte.

»Gute Reise«, sagte die Dekanin mit einem leichten Kopfnicken.

»Danke, Ma'am.« Von tosendem Applaus begleitet, ging sie zum anderen Ende der Bühne, stieg die drei Stufen hinab und stellte sich neben die anderen neuen Ärztinnen, um den übrigen Frauen zuzujubeln, die ihre Urkunden entgegennahmen.

Sie hatten eine lange gemeinsame Reise hinter sich. Innerhalb der nächsten Wochen würden die meisten von ihnen auf Schiffen in die weite Welt hinausfahren, um in der Ferne ein neues Leben zu beginnen. Es war unwahrscheinlich, dass sie sich je wiedersehen würden.

Ab diesem Moment würde ihr Leben ein einziges Abschiednehmen werden. Dieser Gedanke tat weh. Ohne Vorwarnung schossen ihr Ashtons Worte durch den Kopf. »Du hast dich für einen steinigen und mutigen Weg entschieden. Und auch, wenn es manchmal schwer, anstrengend und Furcht einflößend werden kann, wirst du dort, wohin du gehst, die Welt verändern. Menschen werden geheilt und inspiriert werden, weil du in ihr Leben trittst. Gib jetzt nicht auf.« Die Erinnerung an seine Worte ließ ihr ganz warm ums Herz werden.

Sobald die Feier zu Ende gegangen war, nahm sie den Doktorhut ab und ging hinaus in den Garten, der vom Sonnenlicht durchflutet wurde. Die meisten anderen frischgebackenen Ärztinnen standen bei ihren Eltern oder anderen Angehörigen, einige stellten sich beim Fotografen an, der auf der anderen Seite des Gartens Porträts machte. Es war ihr ein wenig unangenehm, zu ihnen zu gehen, aber sie wollte sich von allen verabschieden.

»Herzlichen Glückwunsch, Frau Dr. Broeder.«

Sie fuhr herum. »Ashton! Du bist gekommen!«

»Natürlich bin ich gekommen. Nach einer Woche

Schwerstarbeit im Ziegenstall wollte ich mir deine Abschlussfeier gewiss nicht entgehen lassen.«

Er sah im Sonnenschein sehr attraktiv aus. Seine Krawatte war kunstvoll gebunden und steckte in einer lapisblauen Satinweste. Sie würde jetzt *nicht* emotional werden, auch wenn sie plötzlich einen Kloß in der Kehle spürte. Er war sicher nur aus Höflichkeit als Mr Vandermarks Vertreter hier.

Sie räusperte sich. »Danke für das Geschenk zur Abschlussfeier. Das war sehr freundlich von dir. An ein Moskitonetz hätte ich nicht gedacht, aber ich werde es sicher sehr gut gebrauchen können.«

Weshalb nur schaute er sie so sonderbar an? Alle anderen im Garten lachten und umarmten sich, aber Ashton sah sie vorsichtig an, als fürchte er, dass sie sich gleich in Luft auflösen könnte.

»Ich habe dir noch ein Geschenk mitgebracht«, sagte er zögernd.

»Wirklich?« Das Paket, das er ihr geschickt hatte, war voller praktischer Dinge gewesen: ein großes Moskitonetz, gute Gummistiefel, Insektenschutz. Es war sehr funktional und sinnvoll, aber auch unpersönlich, und sie musste zugeben, dass sie ein wenig enttäuscht gewesen war.

»Ja, ich habe noch eins«, sagte er. »Doch es ist eigentlich etwas, das nur meiner Frau gehören sollte ...«

Was er sonst noch sagte, hörte Julia schon nicht mehr. Die Welt schwankte unter ihren Füßen. »Du hast eine *Frau?!*«, rief sie ärgerlich.

In ihrer Fassungslosigkeit und Wut drückte sie beide Hände fest auf seine Brust und versetzte ihm einen heftigen Stoß. Er verlor das Gleichgewicht und fiel vom Gehweg in ein Beet mit Krokussen. »Du hast eine Frau und hast mir das nicht gesagt?! Du hast mich die ganze Zeit im Ziegenstall hingehalten und ...«

Sie schrie jetzt regelrecht. Die anderen im Garten drehten sich bereits zu ihnen herum, aber das war ihr gleichgültig. Er verdiente diese öffentliche Bloßstellung, weil er sie so sehr getäuscht hatte. Sein Gesicht lief knallrot an. Er zupfte an seinem Kragen.

»Ich *hoffe*, dass ich eines Tages eine Frau haben werde«, berichtigte er sich eilig. »Warum musst du immer alles so wörtlich nehmen?«

Vor Erleichterung wurde ihr ganz schwindelig. Sie war unendlich dankbar, als sie sah, dass er ihren Temperamentsausbruch mit Humor nahm. »Du hast mir einen Schreck eingejagt, der mich mindestens ein Jahr meines Lebens kostet!«

Ashton trat wieder auf den gepflasterten Weg zurück und schüttelte die Erde von seinen eleganten Schuhen. Julia verspürte deswegen ein schlechtes Gewissen. Sie wusste genau, wie viel Wert Ashton auf schöne Schuhe legte.

»Komm her«, sagte er leise und zog sie in seine Arme. »Dein Gesicht ist immer noch ganz blass. Ich glaube, wir brauchen beide eine Umarmung.«

Sie kam seiner Einladung bereitwillig nach. Aus den verschiedenen Gruppen, die im Garten verteilt standen, beäugten sie Menschen neugierig, aber Julia beachtete sie nicht weiter. Sie war Ashton so wichtig, dass er zu ihrer Abschlussfeier gekommen war, und er hatte keine Frau. Plötzlich schien alles auf der Welt ein wenig heller geworden zu sein.

Er küsste ihre Wange und flüsterte in ihr Ohr: »In meiner linken Jackentasche habe ich den Verlobungsring meiner Mutter. Mein Vater hat gesagt, dass ich ihn der Frau geben soll, die ich heiraten will. Deshalb bin ich nach Philadelphia gekommen. Ich hoffe, ich kann dich überreden, ihn anzuprobieren.«

Sie traute ihren Ohren kaum. Das war nicht gut. Die Aussicht, Ashton Carlyle zu heiraten, übertraf ihre kühnsten Träume, aber er hatte klargestellt, dass seine Zukunft in New York war.

Sie entzog sich seiner Umarmung und schaute ihm ins Gesicht. Bei der Vorfreude, mit der er sie ansah, zog sich ihr Herz zusammen. »Ich habe eine Stelle in Malaysia angenommen«, begann sie zögernd.

»Ich auch.«

Sie konnte es kaum glauben, als er ihr seine neue Position im Vandermark-Konzern beschrieb. »Ich werde viel reisen, aber mein Stützpunkt wird in Kuala Lumpur sein«, sagte er. »Wir werden am selben Ort wohnen, auch wenn ich zu Plantagen und Büros an anderen Orten reisen muss.«

»Ich verstehe nicht, weshalb du das tust.«

»Ich liebe dich«, sagte er heiser. »Ich liebe dich, seit du achtzehn warst und mir Briefe schriebst, in denen du dich über Lungenfunktionen und Eislaufen im Park ausgelassen hast und darüber, dass chinesische Gewürze in der amerikanischen Küche nie richtig eingesetzt werden. Du bist die Frau, die ich für den Rest meines Lebens an meiner Seiten haben möchte.« Er schluckte nervös. »Und ich hoffe wirklich, dass du bereit bist, den Ring meiner Mutter anzuprobieren.«

Ihr Herz drohte zu platzen. Sie liebte ihn auch. Ihre gemeinsame Woche im Ziegenstall war die schönste ihres Lebens gewesen.

»Ich brauche ihn nicht anzuprobieren, um zu wissen, dass er passt«, sagte sie. Seit dem Moment, als Ashton im Ziegenstall aufgetaucht war, hatte sie gespürt, dass sie perfekt zusammenpassen würden.

Eine Woche später heirateten sie in New York City und Ashtons Vater war ihr Trauzeuge.

Es war die hektischste Woche in Ashtons Leben. Die Planung einer spontanen Hochzeit, die Übergabe seines Büros und das Packen für eine Reise auf die andere Seite der Welt machten Ashtons Leben jetzt bereits zu einem Abenteuer.

Seine letzte Aufgabe vor seiner Abreise mit Julia bestand darin, einen neuen Anwalt in die Verwaltung der Angelegenheiten von Dierenpark einzuarbeiten. Er fuhr mit Mr Grady zum Anwesen hinauf, führte ihn durch das alte Herrenhaus und über den historischen Pier, an dem das Vandermark'sche Schifffahrtsimperium vor fast dreihundert Jahren seinen Anfang genommen hatte. Als er Mr Grady das Gärtnerhaus zeigte, betonte er, wie wichtig es war, den Bedürfnissen der Broeders nachzukommen.

»Man hatte mich vorgewarnt, wie abergläubisch und exzentrisch Nickolaas Vandermark sein kann, besonders was diese Familie betrifft. Mir war dennoch nicht bewusst, wie wichtig das war, bis ich mit einer der Broeders Probleme hatte.« Er lächelte in sich hinein. Dieses Familienmitglied war mittlerweile seine Frau. Julia war in New York City geblieben und packte ihre letzten Koffer, bevor sie morgen in See stechen würden. »Emil Broeder ist nicht der Schlauste unter der Sonne, aber er ist ein einfacher Mann und dürfte keine Probleme bereiten.«

Ashton hoffte, er könnte noch eine Kostprobe von Sophies Backkünsten ergattern, bevor sie zum Bahnhof zurückfuhren, denn Sophie vollbrachte in der Küche das, was Michelangelo in der Sixtinischen Kapelle vollbracht hatte. Aber er wurde enttäuscht.

»Sophie ist nicht da«, sagte die Haushälterin, als sie in die Küche kamen. »Sie ist auf dem Witwensteg auf dem Dach.«

Als er besorgt nachfragte, was sie dort oben machte, versicherte ihm die Haushälterin, dass die umzäunte Plattform, von der aus man über den Fluss und weit ins Land blicken konnte, gut abgesichert war. Offensichtlich verbrachte Sophie dort seit dem Tod ihres Verlobten sehr viel Zeit.

Ashton zögerte. Er wollte nicht in ihre Privatsphäre eindringen, machte sich jedoch auch Sorgen um Sophie. Sie war wahrscheinlich die freundlichste und sanfteste Person, der er je begegnet war, aber sie schien zu zerbrechlich zu sein, um in dieser Welt auf Dauer bestehen zu können. Und ihm gefiel der Gedanke nicht, dass sie allein auf diesem Dach war. Vermutlich hatte er zu viele düstere russische Romane gelesen, aber trauernde Frauen und Hausdächer waren keine sonderlich gesunde Kombination. Er warf einen schnellen Blick auf Mr Grady.

»Geben Sie mir bitte ein paar Minuten«, sagte er. »Ich möchte mich von Sophie verabschieden.«

Es war ein atemberaubendes Erlebnis, auf das Dach von Dierenpark hinauszutreten. Von hier oben konnte er meilenweit flussaufwärts blicken, bis hin zu den endlosen Wäldern, die die Hügel in hundert Grünschattierungen überzogen. Er ließ seinen Blick über das Dach wandern, bis er Sophie entdeckte.

Als diese ihn bemerkte, sprang sie auf die Beine und errötete schuldbewusst. Das Notizbuch, in das sie geschrieben hatte, fiel auf den Boden und die Seiten flatterten im Wind. Er betrachtete die Gegenstände auf dem Tisch neben ihr: Thermometer, sonderbare Messingscheiben und Geräte, deren Namen er nicht kannte.

»Was geht hier oben vor sich?«

»Ni-nichts«, stammelte sie.

»Danach sieht es für mich nicht aus, eher wie ein wissenschaftliches Labor. Was tun Sie hier oben?«

Dieses Labor auf dem Dach erklärte, warum Sophie so oft auf Dierenpark war. Julia hatte vermutet, dass ihre Freundin um ihren verstorbenen Verlobten trauerte, aber anscheinend gab es noch etwas anderes, das die hübsche Miss van Riijn hierherlockte.

Er hörte zu, als sie ihm alles erklärte. Er gab ihr recht, dass ihr Tun hier oben wahrscheinlich kaum Konsequenzen nach sich ziehen würde. Trotzdem fühlte er sich verpflichtet, es zu melden. Die Vandermarks waren dafür berüchtigt, dass sie ihre Privatsphäre unter allen Umständen schützen wollten, und sie hatten ein Recht darauf, über alles informiert zu werden, was auf Dierenpark vor sich ging.

Als er und Julia am nächsten Morgen anstanden, um auf den Dampfer zu steigen, der sie zuerst nach Indien und dann weiter nach Malaysia bringen würde, erzählte er ihr von seiner sonderbaren Begegnung mit Sophie. Julia sagte, dass er übertreibe.

»Sophie ist vollkommen harmlos«, beruhigte sie ihn. »Sie betreibt diese Wetterstation bereits seit neun Jahren und es hat sich nie jemand darüber beschwert.«

»Weil bisher niemand etwas davon wusste.« Bald würden die Vandermarks jedoch davon erfahren. Unmittelbar nach seiner Rückkehr in die Stadt hatte er dafür gesorgt, dass Quentin Vandermark per Telegramm von Sophies Aktivitäten informiert werden würde. Quentin hatte den Ruf, noch unnachgiebiger zu sein als sein Großvater. Gerüchten zufolge lebte er an einem entlegenen Ort tief in den Wäldern von Österreich. Mit etwas Glück hätte Sophie also nie mit ihm zu tun.

Als sie die steile Rampe hinaufstiegen, traten mit jedem Schritt seine Sorgen um Dierenpark mehr in den Hintergrund und er konnte nach vorne in die Zukunft blicken. Vom Deck des Schiffes aus hatten sie eine hervorragende Sicht auf die Skyline von Manhattan, die mit jedem Jahr höher wuchs. Er zog Julia an seine Brust und legte die Arme um ihre Taille, um mit ihr gemeinsam von New York Abschied zu nehmen. Es war eine erstaunliche Stadt: mutig, laut, lebendig und energiegeladen. Sie stand für Handel und Innovation und auf ihren Straßen konnte man unzählige Stimmen aus den verschiedensten Nationen hören, die miteinander stritten, diskutierten und feierten. In dieser unvergleichlichen Stadt war er zum Mann herangewachsen, aber jetzt gehörte sie der Vergangenheit an. Seine Zukunft lag im Fernen Osten.

Er und Julia standen an der Reling, während das Schiff aus dem Hafen auslief. Aus immer größer werdender Entfernung konnte er die beeindruckende Brooklyn Bridge sehen. Vermutlich würde er nirgendwo sonst auf der Welt eine solch eindrucksvolle Brücke finden. Ashton drückte Julia eng an sich, als sie an der Freiheitsstatue, Fort Hamilton und der Gravesend Bay vorbeifuhren. In kurzer Zeit würden sie diese dicht bevölkerte Stadt nur noch als Punkt am Horizont wahrnehmen. Ein Teil seiner Seele würde New

York immer lieben, aber jetzt würden er und Julia ihre Träume gemeinsam wahr werden lassen. Er hatte eine Frau gefunden, die genauso große und mutige Ziele hatte wie er selbst. Gemeinsam fuhren sie nun dem Horizont und einem fernen Ufer entgegen, über dem die Sonne aufging.

Ein weiterer Roman von Elizabeth Camden

Elizabeth Camden
Das Anwesen
ISBN 978-3-96362-004-1
286 Seiten, Paperback
auch als e-Book erhältlich

Hudson Valley, 1898: Sophie van Riijn ist fasziniert von der Arbeit des neu gegründeten Wetteramts und dem Versuch, genaue Wetterprognosen zu erstellen. Jeden Tag ermittelt sie akribisch die neuesten Wetterdaten ihres Heimatortes und meldet diese an die Zentrale. Ihre Wetterstation hat sie wie gefordert am höchsten Punkt des Dorfes errichtet. Auf dem Dach von Dierenpark, einer verlassenen Villa auf einer Klippe über dem Hudson River.

Als überraschend ein Angehöriger des Besitzers auftaucht, ist dieser alles andere als begeistert darüber, dass Sophie sich unerlaubt an dem Gebäude zu schaffen gemacht hat. Quentin ist fest entschlossen, die Villa abreißen zu lassen und all den finsteren Legenden, die sich um das Anwesen ranken, ein für allemal den Garaus zu machen. Er hat nicht mit dem Widerstand von Sophie gerechnet ...

Kleine Auszeit Romane

Elizabeth Musser
Im Schatten der Magnolien
ISBN 978-3-96362-049-2
143 Seiten, gebunden
auch als e-Book erhältlich

Eine Plantage in Georgia, 1868: Emily Derracott könnte auf der Baumwollplantage ihres Vaters ein unbeschwertes Leben führen. Aber sie will als Weiße mit dazu beitragen, dass die freigelassenen Sklaven ihres Vaters in der kleinen Schule das Lesen, Schreiben und Rechnen lernen. Als eines Tages ein Stein durch die Schultür fliegt, ist sie gewarnt.
Sie hofft auf die Unterstützung von Thomas McGinnis, ihrem Freund aus Kindertagen. Aber kann sie ihm trauen? Er verhält sich verdächtig und sie weiß nicht, auf welcher Seite er steht. Wird er mit ihr zusammen für die Rechte der Schwarzen eintreten oder arbeitet er insgeheim gegen sie?

Karen Witemeyer
Ein Job für Neill Archer
ISBN 978-3-96362-050-8
142 Seiten, gebunden
auch als e-Book erhältlich

Texas 1893: Neill, der jüngste der Archer-Brüder, träumt davon, finanziell endlich auf eigenen Füßen zu stehen. In dem kleinen Ort Dry Gulch will er sich genug Geld für eigenes Ackerland verdienen. Doch es ist gar nicht so einfach, das Vertrauen der Einheimischen zu gewinnen und einen Job zu finden. Zum Glück spielt ihm ein Unbekannter einen Zettel zu: Dachdecker benötigt, um Heim von Witwe zu reparieren.
Da ihm jede Arbeit recht ist, beschließt Neill, die Frau aufzusuchen. Leider gestaltet sich der Empfang alles andere als vielversprechend. Doch Neill Archer ist keiner, der gleich aufgibt. Schnell schaut er hinter die Fassade der jungen Witwe und merkt, dass hier mehr gefragt ist als ein paar handwerkliche Fähigkeiten. Denn seine neue Arbeitgeberin schwebt in großer Gefahr ...

Tamera Alexander
Savannah
ISBN 978-3-96362-048-5
156 Seiten, gebunden
auch als e-Book erhältlich

Nashville 1870: Savannah würde alles dafür geben, wenn sie ihr Elternhaus noch ein einziges Mal betreten dürfte. Denn ihr verstorbener Vater hat irgendwo dort ein Kästchen versteckt, das sein Vermächtnis enthält. Sie sieht ihre Chance gekommen, als der neue Besitzer ihrer Plantage, Aidan Bedford, ausgerechnet sie damit beauftragt, das Haus komplett umzugestalten und neu einzurichten. Seine Verlobte bevorzugt einen moderneren Stil. Savannah zögert nicht lange und macht sich ans Werk. Doch es fällt ihr schwerer als gedacht, alles, was ihr lieb und teuer ist, zerstören zu müssen. Und wie soll sie herausfinden, wo das Kästchen versteckt ist, ohne sich bei dem neuen Besitzer verdächtig zu machen?
Ein spannender Wettlauf mit der Zeit beginnt. Savannah kann nicht ahnen, dass Gott einen viel größeren Plan für ihr Leben hat.

Dani Pettrey
Mörderische Gischt
ISBN 978-3-96362-082-9
192 Seiten, gebunden
auch als e-Book erhältlich

Was für ein Albtraum: Eigentlich wollte Tennyson Kent auf der beschaulichen kleinen Insel, die seit Generationen im Besitz ihrer Familie ist, ihre Hochzeit planen – stattdessen lässt ihr Verlobter sie völlig überraschend sitzen und ihre Cousine kommt unter mysteriösen Umständen ums Leben. Tennyson, die Polizistin und Spezialistin für Unterwassereinsätze ist, nimmt sofort die Ermittlungen auf. Sie weiß nicht, dass der Mörder es eigentlich auf sie abgesehen hatte. Und dass er nicht vorhat, lockerzulassen. Zu allem Unglück ist inzwischen eine Sturmflut aufgezogen. Alle Kommunikationsmöglichkeiten mit der Außenwelt sind unterbrochen. Und die Bedrohung rückt immer näher …